Antologia noturna

JULIO PAREDES

Antologia noturna

TORDSILHAS
Rio de Janeiro, 2024

Antologia noturna

Copyright © 2024 Tordesilhas é um selo da Alaúde Editora Ltda, empresa do Grupo Editorial Alta Books (Starlin Alta Editora e Consultoria LTDA).
Copyright © 2013 Julio Paredes.
ISBN: 978-65-5568-155-0.

Translated from original Antologia nocturna. PORTUGUESE language edition published by Tordesilhas. Impresso no Brasil — 1ª Edição, 2024 — Edição revisada conforme o Acordo Ortográfico da Língua Portuguesa de 2009.

Dados Internacionais de Catalogação na Publicação (CIP) de acordo com ISBD

P227a   Paredes, Julio

   Antologia noturna / Julio Paredes ; traduzido por André Caramuru. - Rio de Janeiro : Tordesilhas, 2024.
   144 p. ; 15,7cm x 23cm.

   Tradução de: Antologia nocturna
   ISBN: 978-65-5568-155-0

   1. Literatura colombiana. 2. Contos. I. Caramuru, André. II. Título.

   2024-65
   CDD 868.9936
   CDU 831.134.2(862)

Elaborado por Odilio Hilario Moreira Junior - CRB-8/9949

Índice para catálogo sistemático:
1. Literatura colombiana 868.9936
2. Literatura colombiana 831.134.2(862)

Todos os direitos estão reservados e protegidos por Lei. Nenhuma parte deste livro, sem autorização prévia por escrito da editora, poderá ser reproduzida ou transmitida. A violação dos Direitos Autorais é crime estabelecido na Lei nº 9.610/98 e com punição de acordo com o artigo 184 do Código Penal.

O conteúdo desta obra fora formulado exclusivamente pelo(s) autor(es).

Marcas Registradas: Todos os termos mencionados e reconhecidos como Marca Registrada e/ou Comercial são de responsabilidade de seus proprietários. A editora informa não estar associada a nenhum produto e/ou fornecedor apresentado no livro.

Material de apoio e erratas: Se parte integrante da obra e/ou por real necessidade, no site da editora o leitor encontrará os materiais de apoio (download), errata e/ou quaisquer outros conteúdos aplicáveis à obra. Acesse o site www.altabooks.com.br e procure pelo título do livro desejado para ter acesso ao conteúdo..

Suporte Técnico: A obra é comercializada na forma em que está, sem direito a suporte técnico ou orientação pessoal/exclusiva ao leitor.

A editora não se responsabiliza pela manutenção, atualização e idioma dos sites, programas, materiais complementares ou similares referidos pelos autores nesta obra.

Produção Editorial: Grupo Editorial Alta Books
Diretor Editorial: Anderson Vieira
Vendas Governamentais: Cristiane Mutüs
Gerência Comercial: Claudio Lima
Gerência Marketing: Andréa Guatiello

Produtora Editorial: Caroline David
Tradução: André Caramuru
Copidesque: Carol Colffield
Revisão: Rafael de Oliveira, Wendy Campos
Projeto Gráfico e Capa: Marcelli Ferreira
Diagramação: Joyce Matos

Rua Viúva Cláudio, 291 — Bairro Industrial do Jacaré
CEP: 20.970-031 — Rio de Janeiro (RJ)
Tels.: (21) 3278-8069 / 3278-8419
www.altabooks.com.br — altabooks@altabooks.com.br
Ouvidoria: ouvidoria@altabooks.com.br

Para María V. L.

*"Gostaria de criar uma história
de tudo o que vejo..."*
— Iolanda Batallé
　La memoria de las hormigas

*"Cremos que as coisas que
são a vida não são a vida."*
— Yasmina Reza
　En el trineo de Schopenhauer

*"Eu sabia que, à noite, os
homens bons dormem."*
— Pierto Citati
　Kafka

*"São todos iguais na
terra do sonho."*
— Roberto Calasso
　La locura que viene de las ninfas

Sumário

Dias de festa 11
Judex 35
O ombro 59
Perdido por meia hora 73
O mapa da realidade 91
Ordem e caos 101
Convite a um fantasma 121
Escrever à noite (colofão) 139

Dias de festa

O calor me acordou novamente. Apesar da modorra causada pelas cervejas, não consegui dormir por mais de uma hora. O pequeno vestíbulo que servia de estação e sala de espera continuava vazio. Levantei-me do banco e me aproximei do guichê. O vendedor de passagens havia caído no sono sobre o balcão, com a testa apoiada nos braços cruzados, como um bêbado, embalado pela indecifrável música que saía do pequenino rádio à sua esquerda. Olhei o relógio. Já eram quase três horas de espera, ainda que o homem me houvesse assegurado que o ônibus não demoraria a aparecer. Decidi que seria inútil acordá-lo. Troquei mais uma vez de camisa, a última ainda limpa, e acendi um cigarro. Abri o livro, mas estava impossível me concentrar. O calor parecia aumentar à medida que a noite avançava. Observei as pás enferrujadas do ventilador e durante algum tempo julguei que poderia ressuscitá-las se me concentrasse o bastante. No entanto, concluí que nenhum vigor mental era compatível com o mormaço. Peguei a valise e saí em busca de ar fresco.

Não havia brisa lá fora, o calor havia arrefecido um pouco. Sentei-me na beirada da plataforma, recostado em uma árvore, onde não cessava a berraria das cigarras. Fiquei surpreso com a rapidez com que o povoado ficara inerte, quando horas antes tudo parecia indicar que a festa nas ruas se prolongaria até o amanhecer. Em Granada, a cidade que eu havia deixado pela manhã, as pessoas não dormiriam a semana inteira. Imaginei que na praça ainda haveria algum bar aberto, mas se me afastasse poderia perder o ônibus, que seguramente chegaria a qualquer momento. Mas, apesar do calor e da espera, eu estava tranquilo, despreocupado com as horas que ainda faltavam para chegar a Bogotá.

De repente percebi uma figura no meio da rua, uns cinquenta metros à minha direita. Pensei que acabara de despencar de um galho. Durante algum tempo permaneceu imóvel, e achei que havia se assustado com a minha presença. Deu dois ou três passos e parou de novo. Esperei e, então, foi chegando mais perto, bem devagar, silencioso, como um caçador. Quando estava a uns dez metros, parou de novo, virou a cabeça e ficou alguns segundos olhando para trás, como se esperasse a chegada atrasada de algum acompanhante. Ele estava de chapéu e trazia uma maleta em cada mão. Levantei-me, cauteloso, sem deixar de fitá-lo, e, quando voltou a caminhar, pensei, sem saber o motivo, que andava como um paralítico milagrosamente recém-curado.

Não me afastei da árvore e decidi não fazer nenhum movimento brusco até que o sujeito estivesse bem perto de mim. Quando chegou, olhou para trás novamente e respirou fundo, soltando o ar pela boca enquanto colocava sua bagagem no chão. Levei um cigarro à boca, mas não quis acendê-lo. Ele lançou um olhar ligeiro sobre mim, com uma espécie de varredura que terminou do outro lado da rua. Fiquei na dúvida se teria notado minha sombra sob a árvore. Procurei ficar imóvel e percebi que meu coração acelerava. O sujeito olhou para a porta da estação e passou um lenço na testa. A fraca luz amarela do poste caía perpendicular sobre ele, mas a sombra provocada pela aba do chapéu ocultava seu rosto.

— Tem ônibus? — perguntou subitamente, exausto, com a voz fraca.

— Creio que sim — respondi, saindo de perto da árvore.

— Sabe a que horas chega?

— Não — respondi, enquanto acendia o cigarro.

Ele tirou o chapéu e passou o lenço na nuca. Apesar da pouca luz, pude notar um par de olhos miúdos e um bigode ralo sobre os lábios. Colocou novamente o chapéu com cuidado, levantou o par de maletas e caminhou até a porta. Acompanhei-o com os olhos até que entrou. Fui até a esquina. Imaginei que neste povoado o calor durante o dia devia atingir um grau insuportável, ao ponto de transformar estas ruas aprazíveis num fervedouro, com um sol que faria com que qualquer visitante casual, ali atolado, pressentisse uma iminente catástrofe. Muitas tardes, em Granada, me deixei levar por essa sensação, deitado numa cama de hospital, observado por um grupo de meninos famintos com seus enormes olhos vidrados e sempre arregalados, enquanto ouvia as rajadas intermitentes da guerra nas montanhas, com a mente turvada pelo calor, sem vigor para me levantar e esperar pela chegada dos primeiros feridos.

Quando entrei novamente na estação encontrei o recém-chegado estirado sobre o banco de madeira. O homem do guichê seguia em seu sono profundo, na mesma posição. Quis voltar para fora, mas o outro havia percebido a minha chegada.

— Tem horas? — perguntou.

— Já vai dar meia-noite — respondi, sem consultar o relógio.

— Será que esse aí sabe alguma coisa?

Fez a pergunta indicando, com um movimento de cabeça, o homem do guichê. Não respondi, pois, na verdade, aquilo havia sido um comentário em voz alta. Ele não estava com o chapéu, e sob o bigode notei uma boca fina e delgada, marcada por duas rugas profundas que desciam desde o nariz.

— Fuma? — ofereci.

— Vai para onde? — perguntou ele após a primeira baforada.

— Para Bogotá.

Olhou-me surpreso, e pensei, por um instante, que ele não estava totalmente sóbrio. Vestia uma camisa de algodão branca e desabotoada até a metade do peito. Tinha a pele curtida e o tamanho de suas mãos me fez pensar que poderia facilmente esmagar uma iguana. Apesar disso, seus olhos miúdos, sob o escasso arco das sobrancelhas, transmitiam uma expressão de bondade. Calculei que teria por volta de sessenta anos.

— Aceita? — perguntou, oferecendo-me uma lata de cerveja que acabara de desembrulhar de uma folha de jornal.

Abriu uma outra para ele e bebemos em silêncio. Estava meio morna, mas refrescou a garganta. Ele terminou a cerveja depois de uns cinco goles, secando a boca com o dorso da mão. Por um tempo se distraiu com a lata entre os dedos, e esperei, sem saber o que dizer, que ele decidisse esmagá-la. De repente fez uma breve careta e lançou a lata para um canto. Olhei sem querer para a pequena cabine, mas o barulho não havia sido forte o bastante para que o outro acordasse. Uma inesperada brisa invadiu o salão, sacudindo a lâmpada pendurada no teto, trazendo um ligeiro frescor às costas e axilas molhadas.

— Trabalha por aqui? — perguntou, enquanto se levantava.

— Não — respondi —, venho de Granada.

— Então vem do sul — comentou, olhando para a porta de entrada.

— Sim, mais ou menos.

— E como estão as coisas por lá?

Tive a sensação de que ele não tinha um verdadeiro interesse em saber quais eram as circunstâncias ou, ao menos, o relato e a interpretação que eu faria sobre elas.

— Como em toda parte.

De repente, dirigiu-se bruscamente até a saída. Observei que se deteve no meio da rua enquanto olhava de um lado a outro.

— Acho que ouvi o barulho de um motor — explicou.

O homem do guichê acordou, olhou rapidamente para nós e saiu da cabine. Repetiu os mesmos movimentos do outro, como se ambos tivessem reagido a uma mesma convocação, a qual, a mim, passara despercebida.

— O ônibus — disse ao entrar, e em seguida pude ouvir o ruído do motor.

Deixei que ele prosseguisse, mas, uma vez do lado de fora, ele parou e voltou a olhar para os dois lados da rua. Não sei por que aquilo me chamou a atenção, mas, enquanto entregava minha bagagem ao ajudante do motorista, considerei que ele ainda acreditava na chegada de seu acompanhante perdido na escuridão.

☽

O ônibus estava praticamente vazio. Acomodei-me entre os lugares centrais, do lado da janela. Quando o outro subiu, percebi que me procurava, e, ao me ver, decidiu sentar-se na mesma altura, no banco da fila oposta. O ônibus partiu acelerando forte, e, em poucos segundos, deixamos para trás o povoado. Depois de algum tempo ele se aproximou e me entregou, sem dizer nada, outra lata de cerveja. Murmurei um "obrigado", que não creio que ele tenha ouvido direito. Desta vez a cerveja estava insípida, como se o líquido tivesse excesso de água ou de saliva. Fechei os olhos. Estava cansado, mas sabia que não conseguiria dormir. No interior do ônibus o silêncio era total, e só o que se escutava era o lento ronronar do motor enfrentando as primeiras subidas da cordilheira. Abri um pouco a janela. A brisa adentrou, trazendo um cheiro reconfortante.

Pensei no regresso a Bogotá e no meu fracassado projeto em Granada. Nada havia mudado nesses quatro anos, e meu único aprendizado tinha se limitado a um curso de primeiros socorros e a um sem-número de ineficazes intervenções cirúrgicas com suas respectivas autópsias. Havia chegado a Granada com a pretensão de ser um salvador, e havia saído assolado pelos vestígios de uma febre tifoide.

Passadas muitas horas de viagem, o ônibus parou em uma hospedaria à beira da estrada. Estávamos de volta ao litoral. Apesar do horário, o lugar estava animado. Fui ao banheiro e molhei a cabeça para me refazer. Pedi uma cerveja gelada e um pacote de batatas fritas. As mesas do lugar estavam ocupadas em sua maior parte por homens e, de um par de alto-falantes, saía uma cúmbia. O sujeito que embarcou comigo se aproximou da mesa com uma das maletas e me perguntou se podia sentar-se. Arrastei a cadeira ao meu lado e lhe ofereci uma cerveja.

— Parece que vai chover — comentou depois do primeiro gole.

— Para onde está indo? — decidi perguntar, mesmo que não estivesse acostumado a conversar com estranhos.

— Para um povoado aqui perto, a umas duas horas – respondeu, e apontou com a mão para uma vaga direção atrás de mim.

Terminamos a cerveja e nos levantamos ao mesmo tempo. Entramos no ônibus e logo apareceu o motorista. Passava das três horas quando reiniciamos a viagem.

☽

Um forte apito me acordou. O ônibus tinha parado e, por alguns segundos, esqueci onde estava. Fiquei de pé, levemente atordoado e com uma forte dor lombar. Imaginei que já estávamos parados havia um bom tempo. O motorista não estava e uma dupla sentada algumas fileiras à frente conversava em voz baixa.

— O que está havendo? — perguntei, me aproximando.

— Parece que houve um deslizamento de terra — respondeu um dos homens.

Voltei ao meu assento e acendi um cigarro. Caía uma leve garoa. Peguei a valise, a jaqueta e decidi descer.

A fila de veículos, em sua maioria caminhões e ônibus de viagem, se estendia à frente e atrás do ônibus. Estrada acima, depois de uma curva, era possível escutar o barulho de um motor acelerando e desacelerando. Vesti a jaqueta e decidi me aproximar do local do deslizamento. Não havia dado mais de dez passos quando uma voz, atrás de mim, me assustou:

— Vou acompanhá-lo.

Esperei que me alcançasse e começamos a caminhar, lenta e silenciosamente. A estrada ficava mais íngreme à medida que avançávamos e, depois de quase meio quilômetro, chegamos ao local do desmoronamento. Tinha muita gente por ali, observando com atenção os movimentos da retroescavadeira, que naquele exato momento tentava remover as últimas rochas desprendidas da montanha. O calçamento da estrada havia desaparecido sob a cobertura de barro e de pedras, e tanto a máquina quanto os homens que trabalhavam em volta pareciam incapazes e em número insuficiente para liberar a via.

— Se isso continuar assim, precisarão usar dinamite — comentou ao meu lado, com o tom convincente de um especialista.

— É melhor esperar no ônibus — disse, dando meia-volta.

— Quer comer alguma coisa? — propôs em seguida, e apontou para as luzes de um pequeno quiosque erguido às margens da estrada.

— Não, obrigado — respondi, educadamente.

Desci novamente até o ônibus. O outro disse que ficaria por ali observando por mais algum tempo para ver se algo mudava. Ao longo da caravana imóvel havia pequenos grupos de pessoas, e em todos eles o comentário era, segundo pude ouvir enquanto descia, quanto tempo ficaríamos presos neste lugar. Desisti de embarcar novamente no ônibus e me sentei numa pedra, junto ao matagal que ladeava a rodovia. O ar estava ligeiramente quente e, ainda que o chuvisco não cessasse, a água parecia evaporar sobre a roupa. Distingui, em meio ao abafado ruído do motor da retroescavadeira, o som de um riacho que corria pelo fundo do desfiladeiro, que supus ser pouco profundo. O aroma da vegetação era penetrante. Esse cheiro, sempre o mesmo ao longo dos anos, me acalmava. Desde jovem sonhei viver no litoral, sempre com a certeza de que ali teria as faculdades ao meu dispor. Considerava a sua atmosfera propícia a visões. Em nada parecida a Bogotá, terra mortífera e sem dono. Mas a beleza desse sonho havia desaparecido em Granada, submetendo-me a consequências tão nocivas quanto a febre que havia me devastado.

— Não conseguiu dormir? — perguntaram atrás de mim.

Levantei-me como se tivesse sido atingido por um golpe violento. Perdi o equilíbrio e caí sentado sobre a pedra, arranhando a mão esquerda enquanto tentava me segurar.

— Desculpe... não era minha intenção...

— Não se preocupe. Estava um pouco distraído e não o ouvi chegar.

Sentei-me de frente para ele. Sua figura foi obscurecida pela sombra do matagal. Depois de um breve silêncio, ele finalmente resolveu procurar um lugar onde pudesse se sentar. Não consegui observar seu rosto com nitidez, mas suspeitei que estivesse com os olhos fixados em mim.

— Estava pensando em seu regresso a Bogotá? — perguntou.

— Mais ou menos — respondi, sem a intenção de ser mais explícito, incomodado com uma insistência que eu agora começava a perceber, como se ele estivesse seguindo os meus passos.

— Parece que não vai ser fácil sair daqui — comentou.

Respondi com um murmúrio. Eu sabia que todo passageiro, submetido sem querer a qualquer tipo de espera, se mostra inclinado a falar e a buscar intimidade instantânea com a primeira pessoa que encontra. Ainda assim, eu nunca soube como reagir a esse tipo de situação e, geralmente, procurava me manter distante, ou, como neste caso, dar respostas monossilábicas. No fundo, sempre me foi difícil definir os termos dessa minha incapacidade, e ainda que não tivesse nada a ver com antipatia ou qualquer outra cretinice, as pessoas que me conheceram, em Bogotá, eram unânimes em me considerar alguém chato e sem graça. Observei a silhueta do outro, ofereci a ele um cigarro e ficamos mais um tempo em silêncio.

Percebi que o barulho da máquina havia cessado. Como se respondesse a um estímulo inesperado, ele se levantou bruscamente e se dirigiu à estrada. Escutei alguém que descia correndo e, entre os arbustos, avistei um pequeno grupo reunido junto ao ônibus. Juntei-me a eles e procurei um lugar para urinar. Saí e me aproximei dos demais.

— Não acredito que haja passagem ainda — disse ele ao me ver chegando.

Ouviram-se alguns comentários vindos das pessoas ali reunidas e, por fim, o ajudante do motorista sugeriu que alguém o acompanhasse numa subida para averiguar como estavam as coisas. Formaram-se rodinhas de pessoas em volta aos veículos e, da parte de trás da grande caravana, subiam pessoas com lanternas, avançando a passos firmes rumo ao local do deslizamento. Tudo indicava que a interrupção dos trabalhos era um sinal inequívoco de que logo prosseguiríamos a viagem. No entanto, pelo que eu havia observado lá no alto, receava que a espera ainda se prolongaria por muitas horas.

Retornei para o ônibus. Queria dormir mais um pouco, mas não conseguia me acomodar no assento apertado. Comecei a suar e notei que estava com a garganta seca e um pouco dolorida. Esperava que em meu regresso a Bogotá não ressurgissem, bruscamente, os adormecidos sintomas da febre.

Talvez a volta à cidade não significasse somente o reavivamento desse transtorno em estado de dormência. Desconcertava-me, havia vários meses, a ideia de que, quando chegasse, me desse conta de que, mais uma vez, havia errado o destino. Eu sabia que, em Granada, havia conseguido esquecer boa parte das razões que me haviam impulsionado a deixar a cidade, como me ver livre das recentes questões amorosas com Maritza ou o ressentimento legado por uma falsa amizade, mas, apesar de tudo, não havia conseguido me livrar do mau hábito de fazer conjecturas e ficar em permanente estado de suspensão nessa divagação sinuosa sobre os dias futuros. Certamente, as tardes arrastadas no hospital haviam ampliado e contribuído para tornar mais aguda essa espécie de humor, que, ao longo desses anos, incluindo a madrugada passada no ônibus, me transformaram num perfeito ruminante, em constante regurgitação do desejo de viver como qualquer mortal. Não estava entre os caras que conseguem fazer um sólido inventário no qual reúnem seus feitos engenhosos, sábios e divertidos, e o único registro que eu levava para Bogotá de minha breve permanência em Granada era a lembrança de um grupo de crianças e de militares contemplando meu embarque no ônibus.

— A coisa vai longe — reconheci a voz e abri os olhos. Ele estava sentado sobre o braço do assento. — Estão dizendo por aí que será necessário retornar e pegar uma outra estrada.

Chequei a hora no relógio. Faltava pouco para que começasse a clarear. Respondi com um grunhido, fiquei de pé e atravessei o corredor estreito até o assento do motorista. Olhei pela janela.

— Pensa em viajar até Bogotá? — perguntou.
— Sim.
— Quero dizer se pensa em prosseguir — corrigiu-se de imediato.

— Acho que sim — respondi, sem entender muito bem a correção ou explicação que ele acabara de dar.

— Tem pressa em chegar?

Demorei a responder. Queria subir até o quiosque e comer alguma coisa. Olhei para a figura dele, pouco nítida na penumbra.

— Pressa, não — disse, por fim, me aproximando do assento para pegar a sacola.

Antes de sair, estendeu-me a mão de repente e se apresentou:

— Alberto Molina.

— Rubén Márquez — disse por minha vez, quase sem apertar os dedos, surpreso tanto pelo inesperado gesto do outro quanto pelo nome que eu acabara de inventar.

Fiquei um tempo sem saber se descia do ônibus ou não.

A súbita apresentação confirmava que ele estava com a intenção de conversar, de me seguir e de chamar a minha atenção.

— Vou comer alguma coisa — informei.

— Incomodo se for junto? — perguntou enquanto tirava o chapéu.

— Não.

☽

Conseguimos comprar umas empanadas e uma xícara de café forte e muito doce. A imensa máquina continuava limpando a pastosa camada de lama. A pá afundava no barro, levantando montes de pedra e de terra, que depositava à margem da estrada. Um novo grupo de homens trabalhava no muro de contenção erguido contra a base da montanha desmoronada. O sol acabara de nascer e o ar parecia ter recuperado sua fragrância. Havia poucas nuvens e, se não chovesse, talvez a máquina conseguisse limpar e enrijecer a via o suficiente para permitir a passagem. Calculei que a extensão total do deslizamento não seria de mais de um quilômetro e, do lugar onde estávamos, era possível enxergar alguns dos caminhões estacionados do outro lado. Pouco a pouco, o lugar foi se enchendo de gente, que de imediato se mostrava impressionada com as idas e vindas daqueles que trabalhavam na lama. Depois de algum tempo, decidi descer e procurar uma dessas cachoeiras entre as gretas da montanha. Estava com as mãos grudentas como se tivesse passado a noite brincando com mel.

Molina gostou da ideia de procurar um pouco de água fresca, e, segundo me disse, havia visto um riacho um pouco abaixo de onde estava o ônibus. Mas, mal havíamos dobrado a curva inclinada quando, sem qualquer aviso, Molina saltou, desaparecendo entre dois caminhões. Demorei um tempo para reagir e, sem saber se parava ou seguia em frente, descobri que, a poucos metros de distância, um grupo de militares checava documentos e revistava bagagens. Fiz um gesto para me deter e me aproximei de um dos caminhões por onde Molina havia desaparecido. O caminhão estava levando gado e fingi examinar os animais enquanto observava o grupo mais abaixo. Havia um capitão e contei, junto com ele, cinco soldados armados com fuzis M-16, que apoiavam nas cinturas, com os dedos nos gatilhos e os canos apontados para cima. Apalpei a carteira onde guardava meus documentos e continuei descendo. Quando cheguei ao local do improvisado posto de controle, encontrei uma dupla de sujeitos com trajes civis, cada um com uma Uzi presa ao ombro, fumando calmamente no acostamento da estrada.

Depois de poucas perguntas, o oficial devolveu meus papéis e com as mãos me indicou que eu poderia seguir. Pensei em Molina e em seu brusco desaparecimento. Supus que não estivesse com os documentos ou que, talvez, quisesse evitar um encontro com os militares. Lembrei-me de sua chegada à estação durante a noite e de sua insistência em ficar inspecionando a rua. Imaginei que nesses momentos estivesse se assegurando de que ninguém o seguia, ao contrário do que a princípio pensei. No entanto, não havia notado nervosismo nem preocupação e, durante nossos breves diálogos, eu o considerara sereno e com a intenção de se mostrar simpático. Cheguei a um local no qual havia água jorrando, onde uma fila se formara, e pude molhar as mãos e a cabeça. Naquele momento eu vi Molina.

— Causaram-lhe algum problema? — perguntou.

— Não. Só perguntaram para onde eu ia.

Ele colocou a maleta no chão, procurou um lugar para se sentar e suspirou com força. Ficou por um tempo mexendo na terra com os pés, com o tronco inclinado para frente, os cotovelos apoiados nos joelhos e as mãos entrelaçadas. Sob a luz do dia a cor de sua pele se assemelhava ao bronzeado intenso que adquirem aqueles que têm a pele muito branca. Tinha duas longas cicatrizes no braço direito. O chapéu cobria seu rosto. Eu estava convencido de que ele queria me contar sua história.

— Em que parte de Bogotá você mora? — perguntou repentinamente.

— Não sei, na verdade, onde vou morar — respondi. Ele ergueu os olhos e sorriu.

— Não tem família?
— Sim, mas sempre, ou melhor dizendo, desde que saí de casa, vivo sozinho.

Pensei em Maritza e senti um leve desconforto no estômago. Surpreendi-me com o que havia dito, como se fosse um comentário para mim falado em voz alta. Molina tirou o chapéu e deu uma sacudida antes de voltar a pô-lo.

— Eu tenho uma irmã em Bogotá — comentou.

Permaneci calado. Imediatamente o outro abriu a maleta e passou algum tempo procurando algo.

— Poderia me fazer um favor? — perguntou, sem parar de revirar o interior da maleta.

Esperei que terminasse. No fim, tirou um envelope branco e o estendeu. Peguei-o, um pouco surpreso pela confiança com que fez aquilo. Li o endereço, notando que Molina me fitava, atento, e achei que estava aliviado por eu ter aceitado.

— É para a minha irmã — explicou.

Guardei o envelope na sacola e procurei os cigarros. Mais uma vez ouvi o barulho do motor lá no alto e, num instante, começaram a soar uns fortes assobios. Molina levantou-se e falou, olhando para o alto:

— Parece que há algum movimento.

Caminhamos até o ônibus e, ao cabo de alguns instantes, chegaram os primeiros caminhões que vinham do sentido oposto. Antes de embarcar, Molina segurou meu braço e falou:

— Espero que não seja um incômodo estar lhe pedindo esse favor.

— Não há nenhum problema.

— Não se importa? — insistiu.

— Não.

Molina ficou por um momento do lado de fora, olhando a rodovia. Acomodei-me na mesma poltrona de antes. Sentia que o cansaço subia por meus pés, com um leve formigamento que me lembrou as noites de febre em Granada. As buzinas aumentaram e o motorista do ônibus acelerava o motor, impaciente. Molina embarcou e, quando chegou ao seu assento, fez um movimento sutil com a cabeça, enquanto passava a mão sobre aba do chapéu, cumprimentando-me.

— Quero convidá-lo para um café da manhã — disse, após se sentar.

Não esperou resposta e virou a cabeça em direção à janela. Imaginei que, mais adiante, explicaria sua história. Eu não estava desconfiado, mas a facilidade com que eu havia aceitado seu pedido ainda me intrigava. Observei seu perfil. Trazia a cabeça descoberta e o chapéu parecia ter marcado uma fenda em seu cabelo curto. Imaginei que ele havia me submetido a um exame cuidadoso e secreto, e havia descoberto em mim, devido à maneira que eu tinha de ver o mundo e as pessoas, um indivíduo confiável. Pensei que talvez a coisa não passasse disso. O ônibus começou a avançar lentamente e, depois de quase meia hora, pudemos finalmente seguir adiante. Mais uma vez, visualizei a sombra no meio da rua, como se procurasse ansiosamente por algum ponto perdido na noite.

Depois de umas três horas, paramos em um povoado de poucos habitantes. O motorista nos disse que, devido ao atraso causado pelo deslizamento, não haveria ônibus até o meio da tarde. Entramos com Molina em uma cafeteria próxima à estação e tomamos o café da manhã em silêncio. O caldo me revigorou. Molina comeu devagar e, quando a mulher que veio retirar os pratos se aproximou, pediu duas xícaras de café bem forte. Eu o deixei fazer o pedido e disse que estava saindo para comprar cigarros.

— Certamente eles têm aqui — interrompeu.

Levantou-se e trouxe dois maços. Não quis aceitar dinheiro.

— Está com sono? — perguntou.

— Um pouco — respondi, levantando a cortina que cobria a janela.

— Então, pretende seguir para Bogotá?

Respondi que sim, embora quisesse procurar um lugar e descansar por um tempo. Além disso, queria tomar uma ducha e até mesmo comprar uma camisa nova.

— Podemos procurar um hotel — propôs.

Permanecemos algum tempo em silêncio. Molina começou a bater, com a colherzinha, na borda do prato. Levantou a cabeça e sorriu para mim.

— Vamos? — perguntei, pegando a bagagem.

Ele olhou para mim como se não compreendesse minhas palavras, inclinou o chapéu para trás e mexeu os ombros. O cansaço tornou mais aguda a estranheza do diálogo.

— Vou procurar um lugar — informei, gesticulando como quem vai se levantar.

— Espere — pediu ele, baixando a voz.

Hesitei por um momento e falei que precisava ir ao banheiro. Quando voltei à mesa, ele havia pedido mais duas xícaras de café.

— Posso confiar no senhor? — perguntou quando me sentei.

Fiquei incomodado com a pergunta, pois não tinha resposta. Olhei para a cafeteria. Das outras quatro ou cinco mesas, só uma estava ocupada, por um sujeito que lia um jornal. Por trás do balcão era possível ver o topo da cabeça da mulher que nos atendera. De dentro vinha um aroma intenso de comida.

— Preciso que me ajude — insistiu, com calma, Molina.

— O que quer? — perguntei finalmente, tentando mais uma vez disfarçar a surpresa. No banheiro havia tentado pensar, mas estava demasiadamente cansado para encontrar uma explicação para a inesperada insistência do desconhecido em estabelecer uma intimidade.

— Talvez lhe incomode que eu tenha pedido que leve essa carta — começou a dizer. Não falei nada e deixei que prosseguisse. — Na realidade, não tenho irmã alguma em Bogotá — afirmou. — Trata-se de uma mulher que não vejo há tempos, e com a carta somente quero dizer a ela que, apesar de tudo, eu me lembro...

Ele se deteve, olhou para mim e em seguida desviou os olhos, como se quisesse apenas decifrar minha expressão. Observei suas mãos fortes e solidamente apoiadas na mesa.

— É chilena — explicou, depois de alguns suspiros. — Nós nos conhecemos em Lima. Eu estava num trabalho temporário em um cargueiro e ela circulava pelos arredores do porto. Depois de um tempo, ela aceitou vir comigo para a Colômbia; vivemos em diferentes lugares e, quando tive certeza de que já não nos amávamos, fui embora — fez uma longa pausa e prosseguiu —, mas de uns dias para cá tenho pensado nela, sabe? Além disso, não conheci outra mulher.

Inclinou-se para trás e me olhou fixamente. Fiquei sem saber se ele esperava que eu fizesse algum comentário, mas a vertiginosa rapidez com que havia resumido sua história me desconcertara. Supus que Molina percebeu que eu o olhava um pouco atônito, pois, sorrindo, tornou a se desculpar:

— Desculpe. Talvez tudo isso não lhe interesse.

— Por que está me contando? — perguntei.

Olhou para a rua antes de me responder.

— Não sei, imaginei que desejava alguma explicação.

Eu não disse nada. Pedi mais café. Bebemos em silêncio e tive o pressentimento de que a história ainda não terminara. Observei mais uma vez as marcas de seu rosto e esperei que Molina continuasse. De repente se abaixou, procurou algo na maleta e me entregou um papel do tamanho de um cartão-postal. Era a fotografia em preto e branco de uma mulher. Era loira, com o cabelo curto e desgrenhado, como se tivesse acabado de acordar. Usava um vestido branco sem mangas e sorria, animada, exibindo uma fileira de dentes brancos e perfeitos. Estava sentada com as pernas cruzadas, sobre as quais apoiava com delicadeza uma das mãos, como se pretendesse esconder as linhas do joelho. Pelo ângulo da câmera, as panturrilhas davam a impressão de serem excessivamente longas e, por entre os sapatos sem salto, viam-se os dedos com as unhas pintadas com esmalte escuro. Devolvi a foto. Molina olhou para ela por um momento e guardou-a. Limpou o suor da testa com o guardanapo e ajeitou o chapéu. Tive certeza de que não valia a pena continuar me perguntando por que havia me escolhido como interlocutor de seu segredo. Era óbvio que ele esperava havia muito tempo por essa ocasião.

— Gostaria que você a procurasse — propôs, um pouco inseguro.

— O que quer que eu diga a ela? — perguntei.
Molina ficou em silêncio por um tempo. Apesar da constituição dura de seus traços, pareceu ficar à mercê da mesma força que arrastava e consumia os meninos desnutridos de Granada. Imaginei que estivesse repassando minuciosamente os acontecimentos de sua história com a mulher, avaliando-os, procurando decifrar seu sentido exato, como quando eu tentava distinguir, encharcado de febre, os fatos que efetivamente ocorreram daqueles que eram ficção e desejo. Molina pigarreou com força, como se quisesse me arrancar de meus devaneios e chamar minha atenção. Deu uma rápida olhada nas outras mesas e, por fim, respondeu:
— Diga a ela que agora suporto melhor o calor — quis falar mais alguma coisa, mas se conteve. Pareceu consciente da falta de sentido de sua frase.

☽

Saímos e caminhamos até a praça. Era dia de feira e o movimento parecia contribuir para aumentar o calor. Eu queria ter plena certeza de que Molina não mentia. Não deixava de me surpreender a confiança, a firmeza que demonstrara ao me eleger seu mensageiro. Encontramos uma pensão em uma das ruas perpendiculares à praça central. Deram-nos quartos contíguos no segundo andar. Não queria perguntar a Molina se ele pensava em permanecer neste povoado, pois considerava que minha tranquila concordância em procurar e conversar com a mulher em Bogotá era o limite até onde eu poderia avançar. No entanto, antes de entrar em seu quarto, Molina me chamou:

— Creio que será bem difícil que voltemos a nos encontrar — comentou enquanto me estendia a mão.

Despedimo-nos e Molina esperou que eu fechasse a porta. Imaginei que não demoraria em retomar a viagem. Fiquei por bastante tempo sob o jorro quase morno do chuveiro e pensei em Molina e em seu caso de amor com a mulher chilena que talvez o homem não voltasse a ver. Seguramente, aquela história era tão frágil quanto qualquer outra, com zonas e episódios obscuros e, se tudo aquilo não fosse uma invenção, haveria razões para tal desencontro dilatado no tempo, sem solução para Molina. Quem sabe qual seria a versão da mulher, e me perguntei se ela desejaria entrar nos detalhes que Molina ocultara de propósito. Desabei sobre a cama, nu, e deixei que o sono pouco a pouco me embalasse. Não havia ventilador no quarto e, pela janela que dava para a rua, subia uma brisa quente e constante, semelhante ao hálito de uma chaminé. Antes de cair no sono, pensei que, na realidade, Molina não havia conseguido contar os detalhes de sua paixão ou seu sofrimento, e me pareceu que, de certo modo, esse encontro específico, fato que, de resto, poderia não ter a menor importância, seria como a antecipação de um mistério que só se tornaria claro quando eu chegasse a Bogotá. Talvez, no fim das contas, teria de exibir um papel de maior comprometimento, e o estilo de minha representação deixaria de ser a de um mero e efêmero mensageiro que casualmente passava um triste recado, de umas mãos a outras, para me transformar em parte imprescindível da mensagem.

Quando, algumas horas depois, acordei, estava com a garganta seca, como se durante o sono tivesse sido obrigado a beber vários tragos de um líquido amargo e denso. Minhas mandíbulas doíam. O calor havia diminuído um pouco, e o quarto estava escuro. Sentei-me na beirada da cama e alonguei meu pescoço para trás o máximo que pude. Percebi que estava mais cansado do que antes, mesmo depois de dormir profundamente.

Fui até o banheiro sem acender a luz. De nenhuma das torneiras saía água. Vesti-me na penumbra do quarto, iluminado apenas pelo reflexo que entrava pela janela. Ao sair, caminhei até a porta do quarto de Molina. Sem saber muito bem o porquê, quis me assegurar de que ele havia deixado o hotel. Dei duas rápidas batidas na porta e, no ato, como se reagisse a um impulso, girei a maçaneta. Não estava trancada, e entrei. O interior estava totalmente às escuras e parecia que aquele quarto não tinha janela. Fechei delicadamente a porta e permaneci por algum tempo imóvel, sem conseguir me acostumar à escuridão e um pouco desconcertado por minha brusca presença naquele aposento. Por um momento pensei que havia entrado no lugar errado, e temi deparar-me com algum desconhecido dormindo. No entanto, não ouvi ruídos de respiração. Procurei o interruptor e acendi a luz para acabar de uma vez com o impasse.

A primeira coisa que encontrei foi um corpo estendido na cama, virado de lado com o rosto para a parede. Presumi que estava dormindo. Tentei pensar numa explicação, caso o sujeito se virasse para mim. Fixei os olhos nas costas e nas vértebras que se insinuavam sob o tecido da camisa e esperei que as dobras se mexessem. Lembrei-me das contorções causadas por alguns sonhos que me assolaram em Granada, sempre incompreensíveis, férteis e agudos como um coral de cigarras. Minha testa estava úmida e a pressão na mandíbula desceu até meu pescoço, prolongando-se até os braços e as pernas. Estava com a mão colada, como uma garra, à alça da valise. Procurei controlar a tensão e fiquei girando o pescoço. Até que, finalmente, decidi me aproximar. O corpo estava em posição fetal, com as mãos entre os joelhos e uma perna apoiada na outra. Notei que Molina estava com os tornozelos amarrados e a corda, escondida entre as coxas, subia até enlaçar os pulsos. Recuei bruscamente e vi gotas de sangue na entrada do banheiro. Não havia nenhum sinal de violência no quarto, como se Molina não houvesse oferecido resistência. Não quis olhar para seu rosto, e me dei conta de que, desde que abri a porta, já receava encontrá-lo morto. Havia sido uma sensação causada por algo que eu não conseguiria explicar, nem naquela hora, nem depois.

 Abri a boca e comecei a tremer, como se um reminiscente oculto da febre acabasse de despertar, acumulando-se furtivamente, fermentando sua força e vindo abalar, de novo, a fraca barreira que me servia de amparo. Parecia estar perante um dos tantos mortos de Granada que, com o olhar acuado e a mesma expressão, marcas inconfundíveis dos massacres, chegavam às minhas mãos como se esperassem que, com o retoque inútil de seus membros, eu lhes concedesse o último perdão. De repente, fui despertado pela música que vinha lá de fora, uma cúmbia que parecia se multiplicar por inúmeros alto-falantes, e pensei que seria possível escutá-la até da cordilheira que cercava o povoado. Lembrei que era dia de festa. Uma noite na qual ninguém dormiria.

Judex

Cortez apareceu na terça depois do meio-dia. Chegou na mesma caminhonete Ford verde-claro de duas portas com a qual me levou a Santa Teresita três anos atrás. Encontramo-nos na Casa Netuno, a pensão na qual estive instalado durante o último ano. Convidei-o para tomar um café na sala de jantar. Pareceu-me um pouco mais corpulento, e as costeletas, espessas, com as pontas roçando os extremos de um escuríssimo bigode, davam a ele o aspecto de protagonista de algum discreto musical mexicano.

Não era difícil lhe atribuir um caráter rude, com possíveis explosões de violência, embora, de certo ângulo, exibisse um semblante gentil. Lembrei que em nossa primeira conversa também reparei nos olhos irritados, imaginando que viesse sofrendo de alguma persistente insônia, o olhar submetido a um febril regime de vigília. Bebemos em silêncio os primeiros tragos. Então falei que não poderíamos sair imediatamente.

— Ainda resta um filme que não me deixam retirar do cinema — expliquei.

— Não se preocupe. Eu espero — respondeu, sem alterar o tom monótono com que havia me cumprimentado.

— Se quiser, podemos ir carregando a caminhonete — sugeri.

— O que está levando?

— Quatro caixas e uma mala. Estão no meu quarto.

Cortez afastou a pequena xícara sem terminar o café e, de repente, pareceu reanimar-se, talvez estimulado pelo cigarro que acabara de acender.

— Não há necessidade de carregar agora — respondeu, expelindo a fumaça quase com delicadeza. — Quando voltar, levamos as coisas para a caminhonete — acrescentou.

— Quer almoçar?

— Não. Comi alguma coisa na estrada.

Esperei que terminasse o cigarro e, depois de consultar o relógio, disse a ele que nos encontraríamos no mesmo local. Eu calculava estar de volta entre 4h30 e cinco horas da tarde.

— Espero que o funcionário responsável não me atrase demais.

— E o tal filme é muito importante? — quis saber Cortez.

— Para eles?

— Não, para o senhor — esclareceu e fez sinal para mim, com os lábios, depois de um rápido movimento com a cabeça.

— Sim. É uma cópia valiosa, mas a polícia alega que se trata de uma prova indispensável.

Cortez pareceu pensar no assunto.

— Mataram o professor enquanto exibíamos esse filme na sessão noturna — acrescentei.

Sem dizer mais nada, levantamo-nos ao mesmo tempo e caminhamos até a porta.

— Não se preocupe. Também tenho alguns assuntos para resolver — disse Cortez antes de se despedir.

☾

Do lado de fora o ar estava quente e úmido, apesar do vento e da ausência de nuvens. No fórum fui obrigado a aguardar por quase uma hora até que o encarregado do caso aparecesse. Quando chegou, não me atendeu imediatamente, e a espera se prolongou por mais vinte minutos. Mesmo me esforçando, não foi fácil controlar o suor que escorria pelas minhas costas, e a tentação, ilusória, mas urgente, de ir embora. Não havia mais ninguém aguardando naquela salinha, e reparei que a secretária mal tirava os olhos da máquina de escrever, fingindo concentração absoluta, como se tivesse sido treinada para situações assim.

Quando finalmente fui atendido, o homem se desculpou pela demora e tentou demonstrar que não se lembrava dos motivos de minha visita. E conseguiu, com uma respiração ofegante, passar a impressão de ter um trabalho opressivo, de estar assoberbado por uma tarefa que mal lhe dava tempo para respirar.

— Nestas redondezas, até o que é bom é desastroso. Só temos problemas — queixou-se, agitando-se na cadeira giratória.

Repeti, como na semana anterior e quase palavra por palavra, minha solicitação sobre o filme retido por eles com um par de rolos e uma objetiva de minha propriedade.

— Ah, o filme — disse, alterando a expressão e entrelaçando as mãos. Empurrou a cadeira para trás e me olhou atentamente. Apoiou o queixo sobre os dedos curtos e brancos e suspirou. Comecei a pensar que ele não queria mesmo entender. Foi novamente até a beira da mesa e revisou um papel que estava à sua direita. Leu em silêncio, recitando as palavras como quem está aprendendo a ler e mexeu a cabeça. Compreendi que, dali em diante, os rumos e os esforços daquele diálogo seriam inúteis. Nenhuma palavra teria efeito para que eu recuperasse o que me pertencia. Ouvi os ruídos que vinham da rua. Em algum lugar do escritório havia um rádio ligado.

— É tudo parte das provas — declarou solenemente.

— Mas quase ninguém assistiu a esse filme — argumentei.

As bordas de seus lábios tremeram e tive a impressão de que estava prestes a rir, embora tenha se empenhado em reafirmar uma atitude firme e preocupada.

— Descobrimos que o acusado era um frequentador assíduo do *seu* cinema.

Enfatizou o pronome, como se, na realidade, o local me pertencesse.

— Preciso do material para trabalhar — disse, tentando esconder minha irritação. — Além disso — acrescentei —, o cinema está há mais de dois meses fechado e, até onde sei, nada mais foi feito.

Ele fingiu estar interessado em minhas alegações, mas, quando mais uma vez insisti que precisava do filme até a semana seguinte, fez um gesto com a mão, me interrompeu na metade da frase e em seguida despejou explicações sobre os perigos do cinema. Reiterou seu desejo de justiça, o interesse sincero em esclarecer o crime, em combater a impunidade, abrindo um parêntese para contar que também havia recebido, assim como o ilustre professor assassinado no cinema, reiteradas ameaças anônimas, e durante um tempo procurou uma imagem para reforçar suas opiniões sobre os riscos que poderiam vir a ameaçar, da tela, qualquer espectador medianamente impressionável, como são as pessoas solitárias e carentes. A ênfase excessiva de suas palavras me fez suspeitar que se tratava de um discurso ensaiado, como se estivesse expondo uma desgastada sequência de argumentos para o auditório de um tribunal.

— Tem havido casos — insistiu — em que criminosos se inspiram em algum filme para assassinar ou roubar. Efeitos do sugestionamento — reforçou, com ar de superioridade. — Além do mais — acrescentou, orgulhoso de uma nova frase que fazia soar como fruto de profunda reflexão —, o senhor sabe que nesta região qualquer pretexto serve para que se leve a cabo uma vingança e, se o inimigo se esforçar o suficiente, ninguém estará a salvo de um ajuste de contas. Chegamos a um ponto em que só o que se respeita é a violência.

Fez uma pausa, segurou o ar e arrastou a cadeira para junto da janela. Pensei que invocaria um caso específico como exemplo de suas advertências, mas permaneceu em silêncio, contemplando os galhos quase secos de uma árvore. Em seguida, olhou para mim, rindo, e começou a tamborilar com um lápis.

— É a única cópia — afirmei, medindo as palavras, e ciente da falta de solidez daquele que parecia ser meu derradeiro argumento.

Ele encolheu os ombros como resposta. Olhou fixamente para mim, sem dizer nada, e imaginei que talvez meditasse, absorto em alguma repentina reflexão. Atrás da escrivaninha, ele mordia seus lábios sem relevo, achatados como se tivessem sido desenhados por um tosco amador, o que me pareceu um tique assimilado de algum valentão nervoso e cinematográfico. De repente ficou de pé e, chegando mais perto, me deu um tapinha no ombro. Acompanhou o gesto com um sorriso caridoso.

— Como se chama o filme? — perguntou, depois de um longo bocejo.

Pareceu-me ridículo que não soubesse o título, mesmo depois da veemente exortação quanto à minha ingenuidade e a insistência com que repetiu que se tratava de uma prova fundamental para o esclarecimento do crime.

— *Judex* — respondi, levantando-me.

— *Judex* — repetiu ele, pensativo.

Não comentou mais nada e, então, levou-me até a porta. Senti uma leve pressão de seus dedos sobre meu cotovelo esquerdo. Antes de eu sair, consolou-me com o timbre indulgente de outro par de frases enganosas:

— Não se preocupe. Eu me encarregarei do filme e tomarei conta dele até que tudo se esclareça.

Estendeu-me a mão e perguntou:

— O senhor não vai para muito longe, não é?

— Não sei. Por ora, não. Arranjei algo em Santuario — respondi sem muita convicção.

— É bem perto. Está vendo? Conseguiu encontrar trabalho mais rápido do que esperava — comentou, visivelmente satisfeito com a repentina solidariedade que estava oferecendo.

Esta não seria a última vez em que alguém tentaria me convencer de que alguma coisa era sempre melhor do que nada, de que qualquer farsa seria suficiente para mascarar a impunidade. Era evidente que eles não se importavam com os reais motivos do assassinato, e pensei, com certo aborrecimento, que, assim como o morto, eu tampouco assistiria novamente àquele filme.

Avancei dois ou três quarteirões e me dei conta de que ainda tinha mais de meia hora antes do horário marcado com Cortez. Entrei em uma cafeteria e pedi uma cerveja. Logo fui acometido por um vago impulso de ligar para Cristina. Nossa despedida, duas noites antes, havia terminado em uma tentativa frenética de determinar, como geralmente ocorria nos filmes que tínhamos adotado como favoritos, a causa misteriosa do impulso que nos uniu durante os últimos meses. Lembrei-me da impaciência, mais ou menos intensa, com que tiramos a roupa, em silêncio, cada um de seu lado, com o mesmo riso nervoso da primeira vez em que acabamos juntos numa cama. Repetimos os mesmos gestos e movimentos afobados de sempre, movidos por um desejo tenso, como se estivéssemos tomados por um feitiço. Estava convencido, sem qualquer remorso, de que a pressa acabou por suplantar o jeito atrapalhado de nossas escaramuças sexuais, pelo menos da maneira duradoura das boas invenções que víamos na tela, em títulos como *A ponte sobre o abismo*, *O Jardim hostil*, ou *As janelas da noite*, melodramas incomuns que, desde os primeiros fotogramas, anunciavam uma atmosfera fantástica de visões vagas, com atores de incrível histrionismo, gestuais, perdidos em um tempo ilusório, com mistérios que também considerávamos nossos. Mas, apesar da frágil entrega que definia nossos encontros, jamais me senti tão próximo de alguém.

Saí decidido a procurá-la. Sempre soube que minha ousadia só seria suficiente para conquistar uma mulher assim, sem atributos exuberantes, com o ânimo alterado pelas cenas em preto e branco, o olhar vago ao acender das luzes, presa a uma espécie de fascínio religioso e patético, como um culto que obliterava seus verdadeiros desejos quando se encontrava comigo em uma noite qualquer ou nos fins de semana, depois de cinco dias sonhando acordada no balcão de uma loja de roupas. Ainda assim, de tanto nos esforçarmos, conseguimos construir uma história aparentada ao amor, pouco pródiga em jornadas gloriosas ou em ardentes idílios dignos de cinema, mas talvez matéria de algum futuro devaneio que, como toda sombra nostálgica, acabaria por tomar corpo no começo de uma velhice empenhada em reorganizar e embelezar o passado.

Parei a um quarteirão de sua casa, recostei-me numa árvore e esperei. Vi algumas pessoas circulando, na rua, pela sombra. O calor diminuiu e o céu começou a escurecer. Imaginei Cristina, naquele momento, assistindo à televisão, entediada, com sua mãe calada. Lembrei-me de suas mãos grossas e pequenas, dos seios incipientes, do timbre baixo da voz, da estranha queimadura que exibia sob a omoplata esquerda, uma cicatriz da infância em forma de losango da qual nunca quis falar e que parecia traçar o emblema de algum canto sombrio de sua existência. Mais de uma vez fantasiei que ali, desenhado sobre a pele verde oliva, destacava-se o elemento que na tela havia servido como ornamento para convertê-la numa enigmática heroína, o ingrediente misterioso e vital que daria ao seu coração o preciso alcance para que se dedicasse impetuosamente ao amor. Não sabia se, em algum momento, conseguiria dizer a ela tudo isso, se eu tinha lucidez suficiente para confessar essa espécie de entendimento do amor, mas percebi que não somente chegava tarde, mas que o impulso que havia me levado até essa esquina, minutos antes, perdia força, rapidamente assemelhando-se a uma paródia. Olhei para o relógio e decidi voltar à pensão.

Cortez só chegou depois das 6h30. Ficou um tempo na oficina para revisar alguma coisa nos freios. Com a ajuda de um vizinho de quarto, eu já havia levado as caixas e a mala para a salinha da recepção. Cortez decidiu aceitar outro café antes de carregar a bagagem, então aproveitei para me despedir do pessoal que trabalhava na cozinha. Três mulheres e um homem. Prometi voltar logo. A proprietária nos observou acomodando as coisas na caçamba da caminhonete e, quando saímos, ela apenas moveu a mão, sem muita convicção, como se começasse a despertar de um longo torpor.

— A noite está clara — comentou Cortez quando deixamos Santa Teresita.

Olhei pela janela e, ainda que procurasse atentamente, não consegui ver as estrelas. O calor tinha diminuído.

Avançamos os primeiros quilômetros em silêncio, atentos à estrada, estreita, mal sinalizada, pouco movimentada e com as margens escassamente iluminadas pelos faróis da caminhonete; de cada lado, as mesmas formas confusas e desiguais da vegetação, como paredes no breu. Depois de uma curva fechada, deixamos para trás as últimas luzes de Santa Teresita. Nos primeiros dias, cheguei a acreditar que se tratava de um lugar aprazível e sossegado, com clima ameno e ar límpido, de moradores unidos com o único propósito de implantar e conservar alguma forma singela de amor filial, gregário, ainda que a princípio isso soasse ingênuo ou um pouco prematuro. Uma região, enfim, protegida de intrusões perniciosas. No entanto, não passaria muito tempo até que se confirmasse, mais uma vez, a agressão incessante da guerra, fustigando seus limites em ondas e com repercussões que, apenas na aparência, pareciam isoladas, como no recente assassinato no cinema. Talvez fosse esse o motivo pelo qual, em momentos como esse, eu não era acometido por qualquer ataque de nostalgia, apesar de Cristina e das exibições diárias de filmes, às quais, como em um ritual, eu me entregara com esmero e entusiasmo. Não trazia qualquer impressão permanente que contribuísse para uma precisa cronologia de uma existência em contínuo movimento, ansiosa por aventuras. Algo semelhante havia ocorrido ao sair de Bogotá, uns cinco anos atrás. A melhoria imediata do destino com a qual havia sonhado, quando deixei a cidade, ainda era vaga e enganosa.

☾

Começamos a descer. Cortez dirigia com apenas uma mão, o braço estendido e os dedos aferrados com força ao volante. Nas curvas usava a outra mão para ajudar, sem alarde e sem tirar completamente da janela o braço ali apoiado. O vento entrava fresco e de vez em quando era possível ouvir o ruído das cigarras.

— Como foram as coisas? — perguntou, depois de ultrapassar um caminhão.

— Mais ou menos.

Aceitei o cigarro que ele acabara de me oferecer. Como havia muito tempo que não fumava, inalei a fumaça com dificuldade, e as primeiras tragadas me causaram algum enjoo.

— Soube, no fim das contas, quem era o morto? — quis saber Cortez, sem tirar os olhos da estrada.

— Era um professor. Eu o havia visto algumas vezes no cinema. Ele gostava de assistir várias vezes o mesmo filme. Naquele dia, já era a quarta ou quinta vez que ele aparecia por lá desde a semana de estreia. Segundo o responsável pelo caso, parece que o assassino também era amante de cinema.

Cortez ficou em silêncio, e notei que moveu a cabeça. A imobilidade de seu braço me fez pensar numa estátua de gesso. Deixei que a metade final do cigarro se consumisse lentamente entre os meus dedos e, quando apagou, enfiei a bituca no cinzeiro. Cortez havia jogado a dele pela janela. Passamos mais um tempo em silêncio. Quando nos deparamos com as primeiras ladeiras, a caminhonete perdeu potência, e Cortez foi obrigado a passar várias vezes da segunda marcha para a primeira.

— Qual era o filme? — perguntou, quando as subidas ficaram menos íngremes.

Fez a pergunta sem muita curiosidade, sem dúvida num esforço para encontrar uma maneira de interromper o silêncio e manter viva a conversa.

— *Judex*.

Cortez não falou nada, apenas inclinou-se para a frente, como se prestasse atenção a um novo barulho no motor.

— É um filme antigo — expliquei. — Encontrei-o guardado em um velho armazém em Bogotá. Havia sido do tio de um amigo, um colecionador ou algo assim. Acabei por resgatá-lo e, depois de um tempo, passei a exibi-lo em pequenos auditórios...

Ia acrescentar algo mais, mas senti que perdia o fôlego, e logo em seguida uma contração apertou meu peito. Suspeitei, sem fazer qualquer movimento brusco, que se tratava de uma parada respiratória e achei, com mais surpresa que medo, que a qualquer momento cairia desmaiado ao lado de Cortez. Atribuí o repentino sufocamento ao cigarro que acabara de apagar, e tentei recuperar minhas forças respirando frontalmente o ar da janela. Sentia, na palma das mãos, um suor frio e pegajoso. Cortez não pareceu perceber a súbita interrupção de meu fluxo sanguíneo e cheguei a ouvir que perguntava sobre o tema do filme.

— É a história de uma vingança — respondi, quando consegui respirar sem esforço.

Percebi então que Cortez esperava uma resposta mais detalhada. Ajeitei-me no assento e tentei descrever os passos do protagonista, Judex, um mestre dos disfarces, para se vingar de um perverso banqueiro que levara seu pai ao suicídio. Ajudado por uma trapezista, ele busca, sem descanso, retribuir a dor. Certa noite, ele aparece trajando um fraque no gramado de um castelo. Está só, de pé, leva na mão uma pomba morta e tem a cabeça escondida por uma máscara no formato de águia-real. Nessa sequência, quando finalmente será efetivada a tão aguardada vingança, há uma tomada, em panorâmica vertical, que sai dos pés de Judex, sobe lentamente por seu corpo e revela, no final do movimento, a máscara. Uma cabeça de pássaro no corpo de um homem vestido de preto, que olha fixamente para o espectador. De repente, Judex se vira e, com passos calmos, solenes, entra no castelo. Então chega a um salão onde há outros personagens, vestindo fraque e usando máscaras, todos com cabeça de pássaro, dançando uma valsa lenta. A cena tem um aspecto fúnebre. De repente, graças a uma ação mágica e insólita de Judex, a pomba ressuscita e no mesmo instante o odioso banqueiro cai morto.

Falei usando frases entrecortadas, respirando com alguma dificuldade, apertando as mãos, nervoso, como se previsse um novo bloqueio nos pulmões. Ainda assim, quando terminei, percebi que, sem me dar conta e basicamente para mim, havia resumido os encantos desse filme maravilhoso, que, como nenhum outro, dava um sentido à minha errática peregrinação cinematográfica, instigando meu olhar desde que abandonei tudo e caí na estrada, com um projetor de 35 milímetros e alguns rolos de filme, acreditando que assim escaparia do rumo medíocre que a vida estava tomando nas insípidas instituições acadêmicas de Bogotá. Olhei para o perfil de Cortez e duvidei que tivesse compreendido o meu fugaz arrebatamento, semelhante ao que experimentei na rua da casa de Cristina. Eu poderia ter acrescentado mais alguma coisa sobre o final de *Judex*, mas me concentrei em retomar minha respiração normal. Olhei pela janela e notei algumas nuvens se formando no céu. Apesar do frio, mantive o vidro abaixado.

Durante os dez ou quinze minutos seguintes permanecemos em silêncio, absortos nas luzes sobre a estrada deserta.

— Faz muitos anos que não vou ao cinema — disse Cortez, sem mais nem menos. Respirou fundo e pegou mais um cigarro. — A última vez foi em Bogotá — acrescentou, após um par de fortes tragadas.

Fez uma pausa e esperei que terminasse de organizar suas recordações.

— Creio que havia uns casais de idosos dançando junto a um rio, num píer — prosseguiu. — Os homens e as mulheres usavam casacos e chapéus. Era uma música mais ou menos lenta, semelhante a um bolero. Dançavam em círculos, um casal atrás do outro, e ninguém falava nada. Quando a música terminava, aplaudiam. Não me lembro de mais nada. — Depois dessa frase, deixou escapar uma risada, como se zombasse. Pelo tom de sua voz, imaginei que estivesse meditando em voz alta. A estrada voltou a subir e o motor vibrou com força. Cortez manteve a mão direita sobre o câmbio e, depois de um tempo, acrescentou sem entusiasmo: — Coisa de loucos.

De repente, depois de mais uma curva bem fechada e íngreme, avistamos um grande vulto na beira da estrada. Cortez reduziu a velocidade e em seguida vimos a silhueta de um homem, no meio da estrada, fazendo sinais com um pano branco.

— O que fazemos? — perguntou Cortez, como se despertasse, reduzindo a marcha a fim de desviar do sujeito.

Notei à minha direita, entre as sombras, um caminhão de eixo duplo com o capô aberto. Cortez decidiu parar uns metros adiante. Estacionou com cuidado, sem desligar o motor, e puxou o freio de mão. Olhou por alguns segundos pelo retrovisor, como se quisesse avaliar os movimentos do homem e, inclinando-se, pegou no porta-luvas uma lanterna média e um objeto embrulhado numa flanela vermelha. Eu não estranharia se fosse uma arma. Em seguida, jogou o cigarro pela janela, acomodou rapidamente no piso o pequeno volume, manteve a lanterna entre as pernas e soltou a alavanca do freio. O homem chegou correndo e respirou ofegante antes de falar.

— Boa noite — cumprimentou, do lado do motorista.

Respondemos ao mesmo tempo. Ele então recuou e pude ver seu rosto. Na escuridão, consegui distinguir um bigode espesso e uma vasta cabeleira negra, crespa e despenteada. Tentava sorrir.

— Para onde estão indo? — perguntou.

— Para Santuario — respondeu Cortez.

O homem pareceu desconcertado com a resposta. Olhou para baixo, na direção do caminhão, e disse:

— Vou ficar preso aqui até depois de amanhã. Até que apareça um guincho ou... — Não terminou a frase, passou o pano branco no rosto e acrescentou, alterando o tom de voz: — Acontece que estou com duas mulheres, e não é bom que elas fiquem aqui comigo...

Fez outra pausa e olhou para dentro da caminhonete.

— Gostaria de saber se vocês poderiam levá-las — concluiu.

Cortez olhou para a frente e supus que refletia. Fitou-me rapidamente e ficou mexendo no câmbio em ponto morto. O homem passou novamente o pano sobre os olhos, como se suasse copiosamente.

— E elas estão indo para Santuario? — quis saber Cortez.

— Sim — respondeu o homem, e esperou imóvel.

— Está bem. Vá chamá-las — disse Cortez, depois de uma ligeira pausa, como se desse uma ordem.

Enquanto o homem retornava com as mulheres, Cortez guardou no porta-luvas o objeto enrolado na flanela.

— O que acha? — perguntou sem me olhar, acendendo a luz interna.

— Não sei.

Ia acrescentar que não via nenhum problema em levar as mulheres, mas o homem já esperava do lado de fora. Cortez sinalizou para que dessem a volta e em seguida desci do carro para rebater o encosto. Uma das mulheres estava com a cabeça enrolada num xale preto e, quando peguei em seu braço para ajudá-la a subir, percebi que tremia. A outra, uma menina de uns catorze anos, usava um vestido claro e um casaco aberto que parecia pequeno demais. Nenhuma das duas nos cumprimentou e, depois de se acomodarem, permaneceram imóveis no assento, quase abraçadas, com os olhos fixos no chão. Quando subi, senti um forte cheiro de suor.

— Quanto lhe devo? — perguntou o sujeito.

— Nada — respondeu Cortez e, depois de retribuir a uma rápida despedida, arrancou com o carro.

Durante a meia hora seguinte, ninguém falou nada. Já passava das nove horas e eu sentia um pouco de fome. Pensei no espasmo inesperado que, minutos antes, me assolara o peito, como se fosse um coágulo desproporcional a me obstruir a respiração. Estava assustado por não ter uma explicação. Nunca fui um cara muito forte, mas achei prematuro culpar a idade. Recordei a descrição que havia dado a Cortez da queda fulminante do banqueiro Favraux na tela, uma morte que, em resposta a um fenômeno absurdo, coincidiu, por escassos segundos, com a do professor, logo abaixo, nas primeiras fileiras; três disparos à queima roupa, no escuro, como se Judex tivesse tramado, de dentro do celuloide, arrebatar também essa outra vida com o passe de mágica da pomba ressuscitada, numa espécie de anunciação dupla e maligna.

Adiante, uma densa neblina erguia-se lentamente, como uma parede. Cortez pôs a cabeça do lado de fora da janela para acompanhar o traçado da pista. De repente ouvi uma agitação no banco de trás. Eram sussurros nervosos, rápidos, com uma alternância de vozes cujo volume aumentava e diminuía em meio ao barulho do motor. Após um silêncio, ouvi com clareza que a mais jovem estava pedindo que parássemos. Cortez olhou pelo espelho retrovisor e percebi que duvidava da vozinha mansa com que ela se dirigia a nós.

— Como? — perguntou, reduzindo a velocidade.

— Precisava descer — disse, tímida, a menina.

— Quem? — perguntou Cortez, sem tirar os olhos do espelho, talvez procurando os olhos da menina. A pergunta soou meio boba, mas o tom foi amável.

Não houve resposta, tudo o que ouvimos foi um suspiro. Continuamos avançando lentamente. A estrada parecia menos íngreme, mas a neblina persistia. Cortez segurou a respiração e, com uma tranquilidade que me pareceu fingida, freou.

Elas saíram e pude ver, apesar de estarmos em meio àquela espécie de nuvem noturna, que entraram no mato, uns dez metros abaixo. Cortez deixou o motor ligado e me ofereceu outro cigarro. Aceitei, mesmo sem muita vontade de fumar. Seu evidente descontentamento me incomodava. Fumamos em silêncio. Procurei dar tragadas fracas e breves. A neblina se movimentava entre as luzes dos faróis da caminhonete. Apesar de estarmos parados, parecia que avançávamos pelos recônditos de um mundo submerso.

— Quer dizer que o senhor é de Bogotá — decidi dizer depois de apagar o cigarro, almejando romper o silêncio.

Cortez deu uma risadinha e apagou a bituca no cinzeiro. Passou a mão direita pela testa, como se estivesse afastando um pensamento ruim.

— Morei lá por um tempo — admitiu, e olhou novamente pelo espelho.

Ele se esforçava para falar, fingindo interesse em responder ao meu comentário. Olhou com atenção para as próprias mãos, aferradas ao volante, e tornou a rir.

— Vivi alguns anos com minha madrasta — acrescentou, baixando a voz. — A velha me usava como moleque de recados. Se você a conhecesse... Enquanto ela ainda era mais forte que eu, gostava de me dar umas surras... Os vizinhos a chamavam de "A Papagaia" ...

Ia falar mais alguma coisa, mas se conteve. Imaginei que estivesse refreando um insulto mais pesado. Ficamos mais um tempo em silêncio. Os faróis da caminhonete iluminavam o rápido movimento da neblina. As leves trepidações do motor eram o único barulho na noite. Não consegui pensar em uma nova pergunta. Estava cansado e ansioso para chegar a Santuario.

— Uma maldita papagaia que jamais voltei a ver — disse então Cortez, com frieza, como se acabasse de ser atacado pelo espectro de uma mágoa antiga, perdida no tempo.

Desconcertou-me o mal-estar que veio junto com a frase. O cenário parecia propício para aprofundar-se nos detalhes de uma revelação, como nas cenas finais de *Judex*, mas representaria um esforço considerável, para além das circunstâncias que me uniam, por apenas algumas horas, a Cortez. Se alimentasse esse diálogo, talvez fosse obrigado a arriscar uma interpretação das dores do passado ou, pior, do futuro.

☾

Para afugentar o pensamento, e vendo que já haviam passado mais de quinze minutos desde que a mulher e a menina haviam descido, propus que fôssemos atrás delas. Cortez praguejou algumas vezes e, com um giro brusco da mão, desligou o motor.

Peguei a lanterna que levava na mala e começamos a caminhar na direção para onde as mulheres tinham ido. Decidimos nos separar e entramos no matagal por caminhos diferentes. Concordamos que, se em meia hora não encontrássemos nada, voltaríamos à caminhonete. Antes de se afastar, Cortez fez um gesto rápido com a mão, como se espantasse um inseto do rosto.

Enquanto esquadrinhava a vegetação espessa e fechada, tentando encontrar, sob a névoa, a possível brecha por onde as duas haviam passado, lembrei das cenas finais de *O capitão adormecido*, nas quais o capitão Franz Arago iniciava sua lenta e perigosa incursão pelos segredos de um mundo vedado aos homens de seu tempo. Abrindo caminho a golpes de machado em meio a um bosque de algas e sargaços, o capitão dava cada passo com extrema dificuldade, sobrecarregado pelas botas de chumbo e pelo volumoso escafandro. A luz de sua lanterna, como a da minha, produzia um efeito irreal sobre a poderosa vegetação marinha. Minutos antes, no navio, alguém lhe preparara uma armadilha, fruto de uma antiga vingança, e Arago percebia, com o rosto quase contorcido diante da câmera, que o tubo de oxigênio caía a seus pés. Antes de perder para sempre os sentidos, Arago acreditou ter visto um anjo de incrível beleza, vestido de púrpura, que se aproximava do vidro do escafandro, carregado por uma corrente invisível e que, com um gesto afetuoso, pronunciava algumas palavras incompreensíveis. Depois o corpo de Arago se perdia nas profundezas abissais, rumo a uma paisagem e a um território sem volta.

Caminhei com passos inseguros, traçando pequenos círculos, adentrando pouco a pouco na colina. Nada indicava que alguém tivesse seguido por ali. Não me atrevi a chamar Cortez. Pensei que, ao fazê-lo, despertaria, como o capitão Arago, alguma presença do além. Senti vontade de rir de minhas ideias e, quando calculei que já havia se passado meia hora, decidi voltar. De repente, uma sombra pulou à minha esquerda. Assustado com o silencioso movimento, apontei a lanterna em direção à névoa e vi que as folhas balançavam. Como quase não ventava, deduzi que se tratava da menina, pois duvidava que a mulher conseguisse se mover com tamanha agilidade. Acreditei que estava seguindo por onde a sombra havia desaparecido, mas, depois de avançar uns poucos passos, o emaranhado se mostrou impenetrável. Sem querer fiquei enroscado e, com um medo crescente e quase infantil, tratei de me libertar, aos tapas. Senti que estava ferindo o dorso de uma das minhas mãos. Nesse instante, ouvi ecoar os estampidos secos de uma arma; uma sequência de detonações abafadas pela neblina, de modo que era impossível saber se tudo acontecia perto ou muito longe. Quando consegui recuar, tentei recuperar a calma.

Fiquei surpreso com a rapidez com que minha testa se encharcou de suor, e então, enquanto procurava com a lanterna alguma marca de sangue na mão, ouvi passos entre as árvores. Antes que pudesse reagir, algo surgiu atrás de mim, à direita, me atingindo com força e me jogando contra os galhos. Levantei quase imediatamente e concluí, sem conseguir pensar numa explicação razoável, que havia sido vítima do ataque de um fantasma. Não sei por quanto tempo permaneci imóvel, com a luz da lanterna iluminando adiante, como um farol defeituoso. Disse, sem levantar muito a voz, que devia estar sonhando. Que a neblina, o medo cotidiano, a desafortunada morte do professor, e o hábito diário de assistir a dramas impossíveis na tela, acabaram me provocando os estupores de uma alucinação. Quando senti que recuperava a consciência, me dei conta de que havia perdido o rastro.

Tive de prosseguir num longo zigue-zague até encontrar a estrada e ouvir novamente a movimentação de

Cortez. Ainda dei mais uma olhada ao redor. Se contasse a ele, certamente desconfiaria da história. Ele não estava gostando de nada relacionado àquelas mulheres.

Esperava-me junto à caminhonete e servia café de uma garrafa térmica.

— Nada? — perguntou enquanto me oferecia uma xícara.

— Nada — respondi, e senti que o calor da bebida me transmitia calma, ainda que passageira. — Ouviu os tiros?

— Tiros?

Ele lamentou ter concordado com a carona. Em seguida, decidimos dar a volta e procurá-las mais abaixo ao longo da estrada. Enquanto Cortez manobrava a caminhonete, brinquei que alguém devia estar nos observando de uma sala escura, em silêncio, achando graça.

— É impossível — disse Cortez, que, depois de avançar por um bom tempo, parou no acostamento, apagou os faróis, desligou o motor e, em silêncio, esticou a cabeça para trás. Eu o ouvi suspirar.

Sem dizer nada, descartei a possibilidade de termos percorrido a distância até a curva onde encontramos o sujeito e as mulheres. A ideia de que o caminhão também houvesse desaparecido, ou que jamais tivesse estado na rodovia, me pareceu absurda, um detalhe descabido em um roteiro que, por si só, já era confuso. Calculei quase uma hora de espera silenciosa. De repente começou a soprar um vento forte que em poucos segundos dissipou a neblina. Como se fosse um sinal que aguardávamos para dar um fim àquela espécie de piada que atrasava nossa viagem. Cortez ligou o motor e, dando meia-volta, retomou a marcha.

— Impossível — insistiu e, ainda que parecesse impaciente, não se atreveu a acelerar muito.

Reforçar seus protestos me pareceu igualmente impossível, então procurei na memória, sem sucesso, outro filme em que os protagonistas, sem medo do imaginário, cedessem docilmente à incoerência de um sonho insólito. Talvez um desatino semelhante a esse tenha sido a última imagem que o professor levaria para sempre antes de perder a vida, um segundo depois do primeiro disparo, curvado, já em meio ao nada, diante da beleza cruel, mas inofensiva, que Judex, da tela, oferecia com sua magia. Notei Cortez mexer a cabeça e supus que pouco a pouco recuperava a calma. Pode ser que, para ele, o incômodo episódio estivesse encerrado. No entanto, considerei que, mais tarde, quando passassem dias ou anos, ele se sentiria um pouco envergonhado ao ter que admitir que, durante uma noite, participara comigo, um sujeito de quem não sabia nada, de um evento extravagante, com um desaparecimento sobrenatural.

No fim, ao vislumbrar as primeiras luzes de Santuario, optei, como quando se tenta controlar um sonho incômodo que nos assola durante a vigília, por uma explicação simples, reduzida a uma breve certeza: as mulheres haviam tomado um caminho que só elas conheciam. Além disso, não seria surpresa que desconfiassem de nós. Era só isso. Mas, ainda que nunca tenha considerado meu espírito aberto a misticismos, senti medo. O lugar e aquela comédia absurda no meio da neblina pareciam confirmar minha suspeita de haver estado transitando, nos últimos anos, por uma geografia sem lógica, um território de fronteiras indecisas, sem leis terrenas. Um limbo com a atmosfera de uma má projeção de cinema.

O ombro

Como tinha de esperar por "Maradona", decidiu preparar café. A mulher que trabalhou como sua assistente saiu sem se despedir. Lembrou-se de que a enfermeira anterior costumava ficar alguns minutos após cada cirurgia e, ainda que quase nunca conseguisse dizer nada, parecia interessada em ser amável com ele. Esta última soltava apenas um monossílabo como cumprimento. Ele não se importava. Afinal, era eficiente, cumpria com seus compromissos e não era ele quem tinha de lhe pagar. Além disso, as regras estabeleciam que ninguém confundisse e ultrapassasse os limites do próprio trabalho, e que todos evitassem qualquer tipo de intimidade, pois, se não fosse assim, correriam riscos desnecessários. Ninguém utilizava o próprio nome. Todos o chamavam de "o doutor", o que, a rigor, era a única verdade, pois até mesmo o Monsalve que aparecia em seu documento de identidade era falso.

Sentiu frio. Curvou as mãos em torno da xícara ainda quente e terminou num só gole o que restava de café. Avaliou que "Maradona" estava demorando mais do que o normal. O atraso já era de mais de meia hora. Pensou que talvez tivesse ficado preso em alguma rua de tráfego pesado e complicado. Não queria começar a se preocupar à toa, mas estava incomodado. Atravessou a sala e se aproximou da janela. Levantou um pouco a pesada cortina. Lá fora o dia estava claro e sem nuvens. A rua, como sempre, estava vazia.

A intervenção havia sido limpa, sem complicações, como quase todas as que vinha praticando neste último apartamento. No entanto, naquele dia teria preferido uma paciente menos jovem ou, pelo menos, sem aqueles olhos aterrorizados, parecendo dirigir-lhe uma súplica. Havia observado um corpo pequeno, demasiadamente frágil, com os membros pouco desenvolvidos. Não era a primeira vez que um paciente, em geral mulher, o contemplava com aflição, como se declarasse que se submetia à sua vontade em virtude de alguma penitência íntima, irremediável, sendo ele o intermediário de seu indulto. Fazia muito tempo que estava acostumado com isso e o considerava uma circunstância normal. Mas com essa mulher, que não deveria ter mais de vinte e dois ou vinte e três anos, ficou tentado a cancelar a cirurgia, e, durante as poucas horas que levou até terminar, um leve tremor dominou suas mãos.

Entrou novamente no quarto e, na penumbra, prestou atenção aos compassos irregulares da respiração da mulher. Surpreendeu-se com a excessiva cautela com que se aproximou da cama. Sabia que a mulher não recobraria a consciência em menos de duas ou três horas. Tomou o delgado pulso entre os dedos e esperou os batimentos. Mal distinguiu a tênue pulsação. A pele do braço estava fria e, enquanto o cobria com uma manta, roçou com os dedos o ombro desnudo. Pousou sobre ele a palma da mão e apalpou, quase com doçura, a dureza do osso e a forma redonda do começo do braço, mas um inesperado tremor, como se uma ferida se abrisse na pele, o forçou a retirá-la. Afastou-se com cuidado, temeroso de que a mulher realmente acordasse de repente e lhe impusesse mais uma vez seu olhar nervoso, que, sem saber o motivo, intuía como um obstáculo incomum e quase intransponível, uma silenciosa exigência que poderia encurralá-lo perigosamente.

A chegada de "Maradona" o arrancou dessa espécie de confusão, que julgava puramente aleatória, semelhante ao desconforto pós-operatório. O sujeito acomodou-se com desânimo na poltrona de couro da sala e permaneceu algum tempo sem abrir a boca. Bufou várias vezes com força, como se quisesse expulsar de seu corpo robusto um excesso de ar que o incomodava. Monsalve imaginou que não valia a pena perguntar qual havia sido a causa do atraso e aguardou que se acalmasse. "Maradona" lhe parecia um homem dócil apesar de sua pinta de lutador de box. Ofereceu-lhe café, mas o outro recusou com um movimento de cabeça.

— Prefere uma aguardente? — propôs.

— Está bem — respondeu "Maradona", levantando-se.

Monsalve foi até o vestíbulo que servia como bar e pegou uma garrafa. "Maradona" sentou-se novamente na poltrona, depois de tirar o sobretudo e jogá-lo sobre uma das cadeiras. Monsalve pôs a tacinha de cristal e a garrafa sobre a mesa de centro. Enquanto segurava a garrafa, uma ideia nebulosa passou por sua mente com rapidez, e imediatamente soube que tinha a ver com o vidro espesso e a mulher que continuava inconsciente no outro cômodo. Decidiu iniciar uma conversa e estendê-la até que conseguisse estabelecer seu propósito com clareza. No entanto, tinha de imaginar um jeito de extrair algumas palavras de "Maradona", que não era de falar muito. Olhou para a porta do quarto. Tinha tempo, pensou. "Maradona" serviu-se de mais uma dose, mas não bebeu. Monsalve supôs que ainda estivesse irritado. Talvez tivesse sofrido algum contratempo no caminho.

Podia começar perguntando a ele como havia chegado a Bogotá ou lhe pedir que contasse a história de seu apelido, mas logo rechaçou a ideia, pois sabia que nesse ramo de negócios as pessoas costumavam ser desconfiadas e viviam na defensiva, muito atentas a qualquer movimento em falso. Além disso, sua relação com "Maradona" era bem recente para iniciar de repente um diálogo familiar, sem esquecer de que eles jamais haviam conversado por mais de dez minutos seguidos, enquanto esperavam que os pacientes acordassem. Não seria prudente, portanto, intimidar "Maradona". Não sabia como ele reagiria e, além disso, o sujeito parecia incomodado.

— O que o senhor tem? — perguntou, fingindo um tom desinteressado.

"Maradona" não respondeu. Esvaziou a taça num só gole e jogou a cabeça para trás, estalando a língua e fazendo uma estranha careta, quase de desagrado, como se a bebida estivesse azeda. Monsalve encheu a taça assim que o outro a pousou na mesa.

— Ei! Não tão rápido! — replicou "Maradona", acentuando com ênfase a sílaba tônica.

— Quer água?

"Maradona" olhou-o surpreso, talvez sem entender a inesperada cortesia de Monsalve.

— E o senhor, doutor, não bebe?

Monsalve se levantou, pegou outra taça e a colocou sobre a mesa. "Maradona" serviu ambos e eles beberam ao mesmo tempo. Monsalve conseguiu disfarçar o desagrado deixado pelo gosto da aguardente, que demorou a se dissolver sobre sua língua. Voltou a pensar na mulher que "Maradona" viera buscar. Seguramente lhe daria as instruções finais, entregaria o passaporte e talvez algum dinheiro.

Não seria fácil distrair "Maradona", voltou a pensar. Por algum tempo, esforçou-se em elaborar uma nova pergunta para romper o silêncio, que lhe permitisse distinguir a ponta do fio do novelo por onde puxar. Não soube que nome dar ao desejo repentino, que pressionava seu ventre, de atordoar o outro e impedir que levasse embora a mulher. Não precisava pensar muito para concluir que interferir seria o pior dos erros, o único que não podia cometer, cujas consequências podia prever com antecedência e significavam uma morte certa. Não podia forçar nenhum desenlace, mesmo sabendo que naquela tarde algo havia mudado, criando uma angústia insólita e incômoda que insistia em subir por seu peito.

"Maradona" havia se levantado e andava de um canto a outro da sala, com as mãos para trás e a cabeça inclinada, atento ao movimento de seus pés. Monsalve observou o corpo volumoso, as costas largas, de onde saíam braços grandes e grossos; acompanhou com os olhos as pernas que, a cada passo, se dobravam num ângulo idêntico na altura dos joelhos. Pensou num gorila vestido, melancólico por lembranças da selva.

— O que o senhor tem?... Está triste? — aventurou-se novamente.

"Maradona" parou de maneira inesperada e, com uma expressão de espanto, olhou para Monsalve. A pergunta não lhe pareceu relevante, pois imediatamente tornou a caminhar, parando em frente à janela, onde também ergueu a cortina. Como ele não respondia, Monsalve acrescentou, consciente de que improvisava às cegas:

— Está me parecendo desanimado.

Desta vez "Maradona" se esforçou para sorrir e, com um gesto brusco, deixou cair a cortina.

— Por que eu estaria triste? — replicou, sentando-se novamente. Monsalve suspeitou que suas palavras causaram certa inquietação. Sem dúvida, apenas um leve sobressalto, mas talvez fosse o suficiente para captar sua atenção.

— Não sei. Talvez seja minha imaginação — insistiu —, mas está com um ar cansado, como se algo o estivesse perturbando desde que chegou.

— De onde tirou essa ideia, doutor? — retorquiu "Maradona", enquanto enchia as taças.

Monsalve percebeu que ele não havia gostado do comentário, apesar do tom debochado da réplica. Era evidente que pelo cérebro de "Maradona" não circulava nenhuma imagem, nenhum sinal de ameaça. Imaginou que, certamente, por entre a massa gelatinosa oculta em sua cabeça, não fluía nada que pudesse assustá-lo facilmente.

Desde o primeiro momento sabia que lidava com um homem seguro de si, que assimilava qualquer golpe com facilidade. Havia demonstrado isso na conversa comedida, sem excessos, talvez vestígio de seu antigo ofício de torturador, na qual confiava, como todos, no imenso revólver que carregava na cintura. Ele o viu repetir a careta depois do breve gole, satisfeito, despreocupado, disposto a defender, como fosse, os benefícios que obtinha com o negócio e a eliminar quem quer que questionasse seus métodos. E, ainda que não houvesse diferença entre ambos, Monsalve soube, desde o instante em que, sem nenhum motivo, se deixou levar pela dúvida, que teria de se livrar de "Maradona". E, quanto antes, melhor.

— E esta, para onde vão enviá-la? — perguntou finalmente, desviando a conversa para o tema habitual. Precisava avançar, mas lentamente, se quisesse evitar que "Maradona" perdesse sua costumeira calma.

— Para o México. Seu voo é daqui a poucos dias.

— De novo para o México?

— Sim, por quê?

— Eles fodem com toda essa gente por lá — observou Monsalve.

— Em todos os lugares — retrucou "Maradona", desinteressado.

— O que ocorre... — começou Monsalve, mas não soube como prosseguir.

— Além disso — continuou "Maradona" —, não é problema nosso. Nós os enviamos e, caso se recuperem, ótimo, se não, assunto encerrado. E, bem, doutor, agora quem parece incomodado e preocupado é o senhor.

— Nem um pouco — replicou Monsalve, enquanto se levantava —, acontece que duvido que a de hoje chegue a sair de Bogotá, e...

— Isso saberemos na semana que vem — interrompeu o outro.

— Não sei — murmurou Monsalve, fingindo incerteza.

"Maradona" sorriu novamente, sem olhar para ele. Acendeu um cigarro e serviu-se de mais um trago.

Monsalve, recostado junto à janela, segurou a cortina com a mão e seguiu com os olhos as idas e vindas de um carteiro de bicicleta. Estava com fome. Consultou o relógio e olhou as costas de "Maradona". Faltava pouco para que o corpo da mulher começasse a reagir. Perguntou-se se haveria tempo suficiente para concluir seu plano frágil e desproporcional. "Plano", repetiu quase em voz alta e sorriu.

De repente pensou no ombro desnudo da mulher. Sabia, ou, pelo menos, tentou se convencer, que sua decisão nada tinha a ver com pena, tampouco esperava que a mulher lhe agradecesse. Tratava-se, na verdade, de um súbito e incipiente incômodo, e tinha certeza de que seria passageiro, como quando, na adolescência, metido em alguma briga de rua, parava de bater em seu oponente mesmo levando vantagem. E, como naquele tempo, agora tampouco lhe interessava saber se o que o paralisava era o medo ou um impulso nascido do desinteresse. Seguramente, poderia recitar as mil e uma imbecilidades usadas para interpretar e decifrar o significado de sua reação. Tudo, menos um ato de bondade, repetiu em sua mente. E, se estava disposto a livrar-se de "Maradona" não era porque pretendia ser uma pessoa melhor, mas porque o sujeito se transformara num obstáculo perigoso.

— E se eu lhe disser que a mulher não está em condições de viajar? — comentou, para não deixar a conversa esfriar.

— Não estou entendendo — disse "Maradona", ajeitando-se na poltrona.

— É que está muito fraca.

— O que quer dizer? — replicou "Maradona", de pé.

— A mulher quase não suportou a operação, e agora está com o pulso muito fraco.

— Mas não vai morrer, não é? Ou vai? — perguntou "Maradona", aproximando-se.

— Precisamos aguardar até que acorde.

— Quanto falta?

— Não se precipite — começou a dizer Monsalve, enquanto se afastava da janela —, é bem possível que não seja nada grave...

— Então se pensa que não é grave por que diz isso? — observou "Maradona", incomodado.

— Não é só isso — murmurou Monsalve, ciente de que suas palavras poderiam levá-lo a um beco sem saída.

— Pare de falar por enigmas — objetou "Maradona" após uma pausa. Parecia ruminar a frase que Monsalve acabara de soltar.

— É bem provável que a mulher não tenha acreditado na história das esmeraldas e esteja suspeitando de algo — comentou Monsalve.

"Maradona" se sentou na poltrona, acendeu outro cigarro e disse, mais calmo:

— E que diferença faz? Não está pensando que a mulher vai sair daqui contando a história ao primeiro que encontrar, não é? Além disso, não acredito que vá esquecer dos trezentos mil prometidos. Sabe como são as pessoas. Vivem apavoradas. Ela precisa do dinheiro, e se der com a língua nos dentes, nós a cortamos fora, não é, doutor? Não me diga que já se esqueceu das crianças. Nunca lhe pareceram pequenos demais ou que não estavam bem alimentados. O senhor os operava do mesmo jeito...

— Sim, sim — interrompeu Monsalve — fique tranquilo. Sei disso, não precisa repetir, mas não quero ter de cuidar de um moribundo. Nunca me aconteceu antes e, se puder evitar, melhor.

— Está certo, doutor — consentiu "Maradona" —, mas não devemos ver coisas onde não existem.

Monsalve não fez mais nenhum comentário. A última frase de "Maradona" o incomodou. Não conseguia responder a esse tipo de frases feitas, estúpidas, sem nenhum sentido. No entanto, não pôde deixar de dizer, em voz baixa, como se também improvisasse um provérbio:

— Nunca tinha visto uma mulher tremer tanto. Parecia um bezerro prestes a ser sacrificado.

༶

Houve outra pausa. "Maradona", com os olhos fechados, as pernas esticadas e ligeiramente abertas, fingia dormir. Monsalve achou que ele havia se cansado de tanta conversa fiada. Foi até o banheiro e, quando saiu, entrou no quarto onde estava a mulher. Dessa vez contemplou da porta o escuro vulto imóvel. Soube, sem tristeza, que jamais conheceria o verdadeiro significado de uma carícia sobre um ombro desnudo e trêmulo. Uma carícia que tanto poderia oferecer quanto receber. Uma carícia que o ajudasse a pensar no amor ou em algum desejo misterioso e alentador.

Observou por um tempo a sombra adormecida, que soltou alguns suspiros, os quais, como empurrões impalpáveis, fizeram-no recuar e sair. Não queria continuar com a conversa. Foi até a cozinha e esquentou outra xícara de café. Era indispensável permanecer atento, desperto, aconselhou-se em silêncio. Sabia que a qualquer momento seria assaltado pelo impulso, sem aviso, de se lançar sobre a nuca, ou a têmpora, ou o perfil de "Maradona" com um golpe rápido e certeiro.

"Maradona" continuava na mesma posição, a nuca apoiada sobre o encosto da poltrona. Monsalve sentou-se de novo e o outro levantou a cabeça; então, pela primeira vez, Monsalve o olhou de frente. As pálpebras inchadas, os olhos pequenos, mas protuberantes, com manchas amareladas ao redor da íris escura. Sobre a boca, de lábios finos, duas marcas profundas desenhavam em sua face uma espécie de parênteses sem fechar. Calculou que o sujeito teria por volta de cinquenta anos. "Maradona" pareceu perceber que estava sendo analisado, esfregou os olhos com as mãos e, depois de um bocejo, perguntou:

— Ela já vai acordar?

— Falta pouco — respondeu Monsalve enquanto consultava o relógio.

— Merda — soltou "Maradona".

— Está entediado? — perguntou Monsalve, casualmente, apenas para se divertir.

— Outra vez com a mesma história, doutor?

— Não. Só falei por falar — respondeu Monsalve. Fez uma pausa e continuou, com cautela. — Sempre se dedicou a isto?

"Maradona" fez um gesto de deboche com a boca e acendeu outro cigarro. Demorou um tempo para expelir a fumaça e exibiu uma expressão tensa.

— Por que quer saber isso logo agora?

— Não responda se não quiser — retrucou ele, erguendo a garrafa.

Esvaziaram os copos em sincronia e Monsalve percebeu que estava perdendo tempo. "Maradona" iria embora quando os outros chegassem para pegar a encomenda. No entanto, Monsalve não conseguia encontrar uma saída. O mais provável, supôs, era que não acontecesse nada. Levantou-se e caminhou até a janela. Queria que "Maradona" estivesse de costas. Foi de uma parede a outra, sem tirar os olhos da nuca de seu alvo. Tentou lembrar se em algum lugar do apartamento havia um objeto contundente. Ficou ainda mais agitado. De repente lhe veio à memória a primeira cirurgia que havia feito. Havia sido em Cali, num quarto abafado e mal iluminado, em um paciente jovem, um sujeito quase famélico, o primeiro a chamá-lo de "doutor". Ergueu a cortina. Lá fora, na calçada do lado oposto, duas meninas, em uniforme de colégio, conversavam felizes, enquanto um cachorro vira-latas, sentado no meio da rua, as observava atento.

☾

O barulho dos cristais o assustou. "Maradona" havia deixado cair uma das taças sobre o tampo de vidro da mesa. Como se a pancada no vidro fosse um aviso, ele compreendeu que aquilo era um erro e não poderia prosseguir com o plano. Além disso, considerava quase intolerável ter de oferecer uma explicação à mulher, um esclarecimento que justificasse o fato de tê-la posto em liberdade. Imaginou a possível cena e suas consequências, tão desastrosas que o conduziriam a uma morte certa. Afinal, ele não era ninguém para mudar um destino ou evitar um ardil ou uma traição. Sabia que depois da mulher que dormia no quarto viriam outros que ele continuaria a operar. Olhou para "Maradona", ligeiramente curvado sobre a mesinha. Imediatamente comprovou que até mesmo a pretensão de liquidar o outro era idiota, como também o era prolongar a incômoda reflexão sobre a mulher. A perturbação ao vê-la em meio à penumbra era algo que só poderia ser entendido como um transtorno passageiro, semelhante ao que sentimos com uma queda de pressão. O mais importante era não olhar para o rosto deles, pensou, aliviado.

— Vou preparar mais café — disse, caminhando decidido em direção à cozinha.
— Aceito — disse "Maradona". — Vamos ver se este sono passa — concluiu espreguiçando-se.

Perdido por meia hora

Ele achou que era necessário repetir a prova mais uma vez. As últimas ampliações haviam ficado relativamente boas, com os contrastes entre o preto e o branco bem definidos, mas faltava consistência nos tons de cinza. Sabia que com alguns segundos a mais de exposição, a tonalidade da imagem alcançaria mais profundidade e força. Retirou da bandeja com água a última amostra, aproximou-a da luz e contemplou, por algum tempo, o sorriso da moça. Fazia muito tempo que não experimentava essa espécie de encantamento proporcionado pelas ampliações, quando surgia a suspeita de que poderia prever, com exatidão, os traços de qualquer rosto fixado no negativo. Imaginou que quem havia apertado o obturador da câmera sabia, antecipadamente, que aquele seria o único instante em que ela modularia a expressão de sua verdadeira felicidade.

Decidiu fazer a prova seguinte em papel brilhante de tamanho 1/8. Mal ajeitou o negativo e bateram à porta. Viu no relógio de parede que faltava pouco para as seis horas. As pancadas eram insistentes, mas ele não quis atender logo. Mergulhou o papel no ácido, agitou-o delicadamente com as pinças e esperou. Quando apareceram as primeiras manchas, passou os dedos pela superfície, como se quisesse acelerar o processo. Levantou parte do papel e percebeu que as sombras sobre o rosto da moça exibiam um contraste muito marcado. Havia se distraído com as batidas. Precisaria fazer tudo de novo. Deixou a fotografia sob o jato d'água e foi até a porta.

— Jorge Luis? — perguntou.
— Sim.
— O que houve?
— Seu tio está chamando.

— Por favor — disse Mauricio após uma pausa —, diga a ele que vou daqui a uns minutos.

— Sim, senhor — respondeu a outra voz, afastando-se da porta.

Retornou à fotografia e esteve a ponto de corresponder com algum gesto ao belo sorriso da moça.

— Quero que fique perfeita... que as ondas se destaquem — murmurou, enquanto examinava a superfície da foto com uma enorme lupa, atento aos contornos e a uma nova luz, ignorada sem querer nas provas anteriores. De repente, sentiu o desejo de contar seu segredo à figura, como se esperasse que ela o compreendesse e, desse modo, em sua imobilidade, decidisse ajudá-lo. Sorriu com a ideia. Fixou o papel na parede e acreditou ver os lábios da moça se mexendo, como se sussurrassem algo. Precisaria esperar mais meia hora, o tempo tacitamente combinado para a visita a seu tio. Desprendeu a foto e a mergulhou na bandeja.

Antes de ir até o quarto, decidiu passar pelo escritório que ocupava um dos dois aposentos que davam para a rua. O estúdio estava instalado no segundo andar de um velho edifício no centro. Jorge Luis, seu assistente, revisava algumas contas na escrivaninha, ao lado da porta de entrada.

— O que disse meu tio? — perguntou.

— Nada. Que aguardaria.

— Muito bem.

Foi para junto da janela. A tarde continuava com céu limpo.

— Veio alguém?

— Sim. Tirei algumas fotos para documentos — respondeu Jorge Luis, sem entusiasmo.

Mauricio lhe ofereceu um cigarro e durante algum tempo fumaram em silêncio. Jorge Luis continuava concentrado nas contas. Mauricio atravessou a sala e se aproximou do pequeno espelho onde as pessoas davam os últimos retoques antes de serem fotografadas. Deu uma rápida olhada pela sala e teve certeza, mais uma vez, de que faltava pouco para que terminasse seu compromisso de manter e prolongar aquele negócio quase moribundo. Somente um delicioso acaso, como o sorriso daquela moça, poderia manter o quarto escuro como o único local propício para a imaginação, onde se poderia espantar o tédio ou inventar um jogo para passar o tempo.

— Parece que este mês também não começou bem — comentou, depois de passar os olhos sobre os poucos papéis na escrivaninha.

— Talvez mais para o fim do mês melhore um pouco — observou Jorge Luis, como sempre.

— Sim, é possível.

O quarto ficava no fim de um pequeno corredor. Ele abriu a porta, que cedeu com facilidade, entrou e a fechou, evitando fazer barulho. Distinguiu a figura do velho na penumbra, acomodado na imensa cama no fundo do quarto. Apoiado na porta, esperou, como sempre, que ele o convidasse a prosseguir. Era surpreendente que, depois de tanto tempo, continuassem com esse tipo de ritual diário, como se pretendessem evitar, numa espécie de autoengano, que, de tanto fazer a mesma coisa, aquilo viesse a se transformar num ato mecânico e sem valor. Mais uma vez sentiu a atmosfera densa do quarto, semelhante a uma inconfundível mistura de aromas de cigarro, remédios e uma delicada água-de-colônia.

— Acenda a luz — pediu o tio, ajeitando-se na cama.

Mauricio atravessou o quarto e se aproximou da mesinha de cabeceira. O velho passou uma das mãos sobre o cabelo ralo e durante um tempo a manteve sobre os olhos, protegendo-os da luminosidade. Como de costume, Mauricio retirou da cadeira, que ficava junto à cabeceira, as roupas que estavam no encosto. Depositou tudo com cuidado aos pés da cama: as calças de lã, a jaqueta, o lenço de seda, a camisa limpa e passada com esmero. O tio pedia que deixassem as roupas sempre prontas por perto, como se assim mantivesse a certeza de poder se levantar a qualquer momento e retornar à vida de sempre.

— Como o senhor está hoje? — perguntou Mauricio depois de se sentar.

— Bem — respondeu o idoso, com certa dificuldade, enquanto tentava se acomodar melhor entre os travesseiros. — E você?

— Trabalhando — respondeu Mauricio.

Ficaram em silêncio.

— Leve-me ao banheiro — pediu o tio.

Sem conseguir evitar, Mauricio fixou os olhos sobre a mão magra que aparecia entre os cobertores. Teve a ligeira impressão de que se movia sozinha, abandonada, isolada do possível braço correspondente, oculto sob a manga da camisa do pijama. Olhou para os dedos longos, as unhas rosadas, limpas e bem-cuidadas, meticulosamente aparadas pela mulher que vinha a cada dois dias para dar banho no idoso. A mão se mexeu com algumas sacudidelas e

Mauricio se lembrou da moça sorridente detida no papel brilhante; uma linda prisioneira que também parecia prestes a ganhar vida própria.

— O que está acontecendo? — perguntou o tio.

— Nada — respondeu Mauricio, sobressaltado.

Com a vertigem que todas as vezes o arrebatava, desejou que, ao levantar pouco a pouco as cobertas, o corpo escondido ali embaixo, exalando seus leves odores, desaparecesse lentamente, os contornos desintegrando-se assim que retirasse a manta, como se sob o efeito de um ácido mágico.

— Mas está acontecendo, Mauricio?

— Estava pensando que devia lhe arranjar uma nova manta para a cama.

— Para quê? — perguntou o tio. — Melhor me levar ao banheiro.

Encontrara o corpo quase na mesma posição em que estava de manhã e nas tardes anteriores, acomodado no espaço côncavo que seus membros esculpiram no colchão. Pegou com delicadeza o bracinho que se estendia até sua mão. Seria tão fácil quebrá-lo, pensou, enquanto amparava as costas do tio, que necessitava de muito tempo para começar e concluir cada movimento. Mauricio o ajudou a segurar-se na beirada da cama, calçou-lhe as pantufas, conduziu-o gentilmente até o banheiro e esperou que se acomodasse. Deixou a porta entreaberta e saiu.

☽

Foi para junto da janela. O cômodo, nos fundos do edifício, dava para um pátio compartilhado com outros vizinhos, onde naquele momento um menino pedalava seu triciclo sem tirar os olhos do chão. Seu coração bateu acelerado, pois não compreendia de onde a criança poderia ter saído numa hora daquelas e passou por sua cabeça a ideia de estar observando os espectros de um universo paralelo, o espaço e o tempo de sua infância solitária. A inesperada certeza de estar se vendo suscitou o desejo de ligar para Maggie, de convidá-la e mostrar-lhe a fotografia que estava imersa na bandeja de revelação; insinuar que, por uma feliz coincidência, acabara de encontrar um sorriso idêntico ao dela, de uma beleza com o poder de paralisar os sentidos.

Tentou imaginar o rosto de quem segurou e operou a lente da câmera. Suspeitava tratar-se de um homem. Além disso, acreditava ter reconhecido na moça uma expressão de quem estava apaixonada, ou melhor, encantada com as coisas que podiam estar acontecendo com ela naquele instante congelado. Lembrou que, entre as trinta fotos que havia no rolo, em apenas duas aparecia a mulher, fotografada em momentos e lugares diferentes dos cenários anteriores. Atribuía à silhueta não mais de vinte e cinco anos e encontrava em sua expressão uma pureza e um frescor extraordinários. É possível que Maggie, sempre disposta a exercer sua malícia sobre ele, desconfiasse dos rodamoinhos de sua imaginação. No entanto, reconhecia que seria maravilhoso brincar de ser o único dono do fabuloso dom de reproduzir e, por que não, transformar infinitamente a luz e a expressão de um olhar.

— Mauricio — chamou o tio.

Ele o encontrou segurando a borda da pia, esperando com seus braços trêmulos.

— A cada dia me parece mais degradante passar o dia inteiro enfiado na cama... Que lástima.

Mauricio não comentou nada. Sabia que era questão de tempo, de assistir em silêncio. Desde os primeiros dias, quando seu tio precisou se recolher, sua participação nesse tipo particular de diálogos se limitava a estar presente. Adotava uma espécie de posição semioculta, como se apenas precisasse insinuar sua atenção. No entanto, mostrava-se complacente, quer seu tio libertasse ou não os fantasmas que habitavam sua mente, embora, em algumas tardes ocasionais, fosse mais penoso controlar o desconforto e recuperar a concentração. Observou o rosto do velho. Ele fechava e abria os olhos vagarosamente, como se estivesse prestes a adormecer ou perder a consciência.

— Quando vem a enfermeira? — perguntou, por fim.

— Veio ontem — respondeu Mauricio, suavizando o tom da voz.

— É verdade, claro... — comentou o tio, com um sorriso forçado. — Este negócio de perder a memória pode ser uma das únicas vantagens de envelhecer.

Mauricio assentiu sem se mexer. Percebeu que aquela poderia ser mais uma daquelas tardes de premonições que vinham atormentando o tio. Elas teriam origem no silêncio do quarto, assim como acontecia com ele, refletiu.

— Dê-me um cigarro.

— O senhor sabe que não é recomendável — disse, sem muita convicção.

— Por que você sempre repete a mesma frase? — zombou o velho, enquanto recebia o cigarro já aceso.

— Quer continuar a partida? — perguntou Mauricio, olhando para a mesa onde estava o tabuleiro.

— Não. Agora não.

Fumaram quase com a mesma calma. As cinzas do cigarro de seu tio nem sempre caíam no cinzeiro. E ambos os apagaram ao mesmo tempo.

— Quer beber alguma coisa?

— Mais tarde.

Mais uma vez, silêncio. Mauricio ajeitou-lhe uma manta sobre as pernas. Apesar das recentes crises de depressão do tio, Mauricio sentiu, com uma lucidez quase arrebatadora, que naquela tarde ele estava tranquilo, talvez até disposto a ouvir com interesse os segredos de sua recente descoberta no laboratório de revelação.

— Você tem de trazer sabonete para o banheiro — disse o velho, de repente.

— Claro. Daqui a pouco mando um pelo Jorge Luis.

— Por que Maggie não veio mais?

— Esteve aqui há poucos dias — disse Mauricio, enquanto se levantava.

Seu tio gostava de conversar com Maggie e ela o tratava com delicadeza, rindo das histórias que ele contava. Mauricio sabia que seu tio esperava que se casassem logo, mas era inútil tentar explicar que não seria possível.

— Ela mandou lembranças e disse que da próxima vez virá lhe visitar — concluiu, olhando para o tabuleiro.

— Ela tem muito senso de humor — comentou o velho.

— Sim — murmurou Mauricio. Revisou a disposição das peças e tentou se lembrar da jogada que havia planejado.

— Você está numa posição melhor que a minha — declarou o tio, observando-o.

— Não sei. Eu não teria tanta certeza.

Na realidade, sabia que, em dois ou três movimentos, poderia atacar com o cavalo a rainha adversária, encurralando-a sem compaixão, mas tomaria outro caminho, buscaria outra encruzilhada, a fim de adiar o desfecho. Ficaram mais algum tempo em silêncio. O velho acariciava a testa com uma mão, enquanto a outra brincava com os fios do cobertor. Mauricio se sentou.

— Como estão indo os negócios? — perguntou o tio.
— Bem. Muito bem.

Era cada vez mais penoso, para ele, sustentar essa mentira piedosa. A luz sobre a mesa de cabeceira não conseguia dissipar a penumbra do quarto. Mauricio consultou o relógio.

— Que horas são? — quis saber o tio.
— Seis e quinze.

O velho assentiu com a cabeça, como se confirmasse uma dúvida passageira. Mauricio se levantou e acendeu uma luminária de chão que ficava ao lado da televisão.

— Na noite passada tive um sonho — disse o tio.

Mauricio se aproximou da janela e esperou. O pátio agora estava escuro e deserto. Não havia vestígios da presença do menino. Queria regressar imediatamente ao quarto escuro e retomar o jogo, retocando a imagem sorridente até a perfeição. Mas sempre, de alguma forma tácita, sua presença ali continuaria sendo fundamental. Então, esperou pelo início do relato.

— Creio que eu viajava num trem. Você sabe como são os sonhos, onde não se tem certeza do que acontece. Mas, pelo menos, eu sabia que viajava por alguma região litorânea...

Interrompeu para retomar o fôlego e pareceu refletir sobre o que acabara de dizer. Mauricio ouvia recostado na beirada da janela, de onde conseguia distinguir as silhuetas das montanhas.

— Eu soube pelos aromas... — prosseguiu. — Durante algum tempo fiquei sozinho, deitado numa espécie de cabine... esperando que alguém aparecesse...

Fez mais uma pausa. Suas reservas de energia estavam cada vez menores. Mauricio queria acender outro cigarro, como se o esforço de seu tio o convidasse a sentir a fumaça em seus pulmões. Já fazia tempo que ele não ouvia a confissão diária começar com um sonho e a primeira cena chamou sua atenção. Ultimamente, gostava da maneira como o tio escolhia os detalhes; a lógica oculta que começava a permear suas lembranças, invenções ou ilusões e que contrastava com essa figura que parecia prestes a perder o rumo para sempre. Suspeitou que no final acabaria ouvindo alguma revelação ou uma nova lição sobre o passado perdido. O tio clareou a voz e continuou:

— Também creio que não estava tão velho... Havia luz em algum lugar, talvez vinda de fora, mas na realidade estava em meio a sombras... não sei... Acho que estava dentro de uma dessas cabines dos trens europeus, talvez eu tenha misturado o sonho com alguma lembrança de quando vivemos na Itália...

Mauricio ficou surpreso com o inesperado "nós" que ele usou no final. Sabia alguma coisa dessa viagem, tinha visto fotos, mas seu tio nunca havia falado sobre aqueles anos. Limitava-se a introduzir referências esporádicas em uma conversa ou outra.

— De repente vi que um homem estava ao meu lado, sentado à altura de meus joelhos, e segurava uma de minhas mãos... Comecei a suar... Não me lembro se acariciou minha cabeça, mas senti que me tratava com afeto, como a um filho reencontrado depois de muito tempo...

Depois de mais uma pausa, comentou, elevando a voz:
— Muito curioso, você não acha?

Mauricio não respondeu e se sentou novamente diante do tio. Tinha dúvidas se a história que estava montando agora era, na verdade, um sonho ou se, pelo contrário, provinha de alguma calculada reflexão, nascida aos poucos.

— Ficamos assim por um tempo — continuou, com certo entusiasmo, como se não quisesse perder o fio da meada — e não nos falamos... Sem saber como, descobri que o visitante se parecia com um velho conhecido... Ou talvez fosse um parente... Foi um sonho breve e no fim falamos algumas coisas sobre a morte... a morte iminente, a poucos dias de se intrometer, de levar tudo consigo... Isso incomoda você? — perguntou, interrompendo-se.

— Não, de maneira alguma — respondeu Mauricio, que se havia entregado ao ritmo lento daquelas frases.

Houve mais um silêncio. Seu tio ficou olhando na direção da janela por um tempo. Mauricio imaginou que talvez estivesse revirando sua memória, naquela região que às vezes parecia deserta. Surpreendeu-se ao vê-lo tão tranquilo, escolhendo as palavras com um cuidado maior do que o habitual, como se estivesse lendo uma história depois de várias revisões. Além disso, parecia estar se divertindo com o tema.

— Acontece que nesta idade — insistiu o tio, apertando as mãos — não há quem não pense nisso o tempo todo... e, claro, nos sonhos também.

De fato, os assuntos recentes costumavam girar em torno da morte que pairava de maneira constante. Entretanto, Mauricio percebia que essa versão tinha uma sequência diferente, inédita para ele, quase melódica. Voltou a pensar na natureza fictícia das palavras do velho, suscitadas por uma estranha inspiração, e se surpreendeu com a possibilidade de que seu tio, de uma hora para outra e pela primeira vez diante de seus olhos, se transformasse num indivíduo que ele desconhecia, capaz de inventar um mundo possível, paralelo, como aquele onde acreditou ver, momentos antes, o menino com o triciclo.

— Então ele me disse — continuou o velho no mesmo ritmo lento — que eu estava levando um tempo longo demais para morrer... para me desapegar dos dias, da casa... e antes de acordar creio que supliquei a ele que me desse uma trégua... Não me lembro de mais nada... — concluiu.

Mauricio suspirou. Teria gostado de não estar se aproximando tão rapidamente de um desfecho, permanecendo no desenrolar da história, fosse ela inventada ou não.

— E você, o que acha? — perguntou o tio.

Mauricio não soube o que responder. A pergunta o pegara de surpresa.

— Não sei — respondeu.

— Não sabe o quê? — insistiu o tio.

Pensou em alguma coisa para dizer, para não o contrariar.

— Nunca penso na morte — respondeu Mauricio, enquanto esticava os braços espreguiçando-se, como se com o gesto quisesse dar menos gravidade à sua resposta.

O velho assentiu em silêncio.

— Encontrou a foto que eu pedi? — perguntou em seguida.

— Sim — mentiu Mauricio.

— Fez alguma ampliação?

— Bom, acontece que estou procurando outro negativo que esteja melhor — explicou Mauricio, embora soubesse que não existia foto alguma.

— Não há pressa — declarou o tio.

— Vou trazê-la no fim de semana — continuou Mauricio, desculpando-se.

— Já disse que não é urgente — concluiu o tio e fechou os olhos.

Mauricio supôs que ele já havia descoberto a farsa. De qualquer maneira, a fotografia inexistente poderia servir aos dois como o talismã que manteria longe qualquer final irreversível. Olhou para o rosto não muito marcado pelas rugas. Não sentia pena. Ambos sabiam que nenhum dos dois permitiria. Ouvira o tio dizer uma vez, numa conversa com Maggie, que a velhice nada mais era que um lamentável teste para a boa vontade de todos, insuficiente para evitar a decadência do corpo. Perguntou-se qual seria o verdadeiro parentesco entre os dois, para além do chamado sangue de família. Pensou que o jogo dentro do quarto escuro era a herança que cabia a ele manter, o laço que os irmanava e que ele pagava com essa visita diária. Levantou-se assim que o velho abriu os olhos. Não queria se deixar levar por divagações; não agora, quando estava a um passo de revelar aquela outra verdade que o aguardava.

— Quer que eu feche a cortina?

— Depois.

— Mando que lhe preparem algo para tomar?

— Pode ser. Quando sair, diga a Jorge que me prepare uma xícara de chocolate.

— Nada mais? — perguntou Mauricio, depois de mais uma pausa.

— Não, você pode ir.

Mauricio se despediu, mas, antes de sair, o velho o chamou:

— Traga-me um copo d'água, por favor.

— Precisa de mais alguma coisa? — perguntou Mauricio enquanto depositava a jarra sobre a mesinha.

— Ligue a televisão — pediu o tio, mas logo se arrependeu: — Não, melhor, ponha uma fita cassete.

— O que quer ouvir?

— Creio que já tem uma fita encaixada.

— Sim — disse Mauricio, examinando-a.

— Qual é?

— A de Raúl Galero.

— Pode ser.

— Está bem, tio. Já vou dizer a Jorge Luis que lhe traga o que pediu.

— Escute — começou a falar o velho, estendendo-lhe uma das mãos —, o que acha do sonho?

Mauricio não pôde evitar que ele o segurasse pelo pulso. A pele da palma da mão estava quente e macia. Tentou disfarçar o incômodo, ao mesmo tempo que sentia o tio agarrar-se a ele.

— Já lhe disse...

— Você pensa que me resta pouco? — interrompeu o velho, com voz firme.

— Não diga isso — falou Mauricio, sem conseguir pensar em mais nada enquanto se soltava, depois de sentir um leve apertão.

— Traga-me a foto...

— Sim... No próximo fim de semana.

☽

Saiu, chamou Jorge, falou a ele do chocolate para o tio e lhe pediu uma xícara de café. Esperou junto à porta até que ele voltasse.

— Trouxe biscoitos para o senhor — disse Jorge Luis com um sorriso.

Mauricio recebeu a bandeja e voltou ao estúdio. Apertou o botão do *play* no toca-fitas e deixou-se levar novamente pelo ritmo e pela doçura da voz, até que a fita terminou. Nenhuma outra mulher cantaria daquele jeito, repetiu mentalmente. Bebeu alguns goles de café e recostou a cabeça no espaldar da cadeira. Pensou em seu tio, um dos primeiros e melhores repórteres fotográficos de Bogotá, e o imaginou também mergulhado sob a luz vermelha, como nas profundezas de um outro mundo. Um olhar público, mas ao mesmo tempo secreto, guiado, como agora acontecia com ele, pelo doce propósito de localizar e surpreender, com um fervor silencioso, a bênção escondida por trás de um papel brilhante.

Segurou a última prova contra a luz e passou o dedo indicador sobre os diminutos lábios. Retirou as cópias que estavam na água e as fixou na parede. Examinou-as com cuidado. A fotografia, na verdade, não poderia ser mais simples, tirada sem qualquer pretensão oculta.

A moça sorria para a câmera com os olhos quase fechados. Tinha os cabelos pretos, longos e volumosos, e ela os usava penteados para o lado, sobre a orelha, presos por um grampo invisível. Era impossível identificar o formato do pescoço, escondido sob uma sombra. Estava sentada diante de uma mesa pequena, com um braço apoiado formando um ângulo reto com o cotovelo, e segurava, entre os dedos longos e finos um cigarro recém-aceso. O outro braço estava oculto sob a mesa. Vestia uma camiseta e no pulso chamava a atenção um pequeno relógio retangular. Era uma fotografia em plano médio, na sacada do que parecia ser o segundo andar de um hotel de frente para o mar. À sua esquerda havia um trecho de praia, com uma onda prestes a quebrar. Sobre a mesa, coberta por uma toalha xadrez, havia algumas xícaras, uma cafeteira, uma garrafa de cerveja que parecia vazia, um maço de Marlboro e uma lata de creme de leite. A moça parecia querer disfarçar um pouco a timidez; quem sabe o fotógrafo escondido, imaginou Mauricio, acabara de pedir-lhe que sorrisse com naturalidade.

Ele compreendeu, então, que não estava na sucessiva repetição das provas a chave para decifrar essa alegria fácil que acompanharia a imagem para sempre. Era ele quem ficaria prisioneiro nessa exibição peculiar de sorrisos mudos, capturado, como um sonâmbulo, entre as teias de um sonho misterioso que o chamava do papel, como a voz que, das sombras, chamava e chamava seu tio nas últimas noites.

O mapa da realidade

Deitada no chão, sobre o lado esquerdo, a cachorra respirava e batia levemente o rabo, no mesmo ritmo lento com que a mão de Diego acariciava sua cabeça. Mantinha os olhos fechados, mas, de vez em quando, com uma respiração afobada que a obrigava a engolir saliva, levantava um pouco a cabeça, como para certificar-se de que ele ainda estava ali, na poltrona, esticado para a frente, com a garrafa de cerveja vazia ao lado, a câmera e alguns cartões sobre o colo. Estavam no pequeno terraço do jardim dos fundos havia quase uma hora, esperando que a tarde caísse. Diego pensava que, do seu jeito, cada um tratava de interpretar e digerir em silêncio os ecos deixados no ar pelo barulho e pelos abalos que ocuparam as horas daquela sexta-feira, quando estava começando o último fim de semana que passariam juntos.

Como haviam sido os únicos habitantes desse território íntimo por mais de quatro anos, com pouquíssimos convidados recorrentes, a multidão de gente estranha que invadira e ocupara a casa desde muito cedo, pela manhã, os deixou tensos. Uma ansiedade agravada, além do mais, pela circunstância de a porta de entrada ter ficado aberta o tempo todo, como em qualquer lugar público, e de não saber onde ficar. Conforme o dia ia passando, Diego se sentia sob os estranhos efeitos de uma droga que o desorientava e cujo alcance final fora coroado pela instalação de algumas lâmpadas horizontais de luz branca nos tetos do primeiro e segundo pavimentos, bem como nas escadas e nos banheiros. Uma forte e desagradável fluorescência que apagava os contornos e os tons naturais das coisas, imprimindo a cada ângulo uma falsidade impessoal, sem nenhum dos traços familiares de sua passagem.

Olhou mais uma vez para as fotos que tirou logo depois da saída do último eletricista e releu o que acabara de escrever num dos cartões; uma coleção de ideias soltas que, semelhante a um diário, registrava a sequência que, passo a passo, havia marcado o impulso dos operários conforme iam desfigurando a fisionomia interna da casa. Seguido o tempo todo pela cachorra, Diego se movera de um lado para outro com a sensação crescente de ser um convidado inútil, que já não tinha por que permanecer ali e que atrapalhava a diligente atividade dos técnicos, os quais, munidos com martelos e furadeiras, erguiam divisórias para cubículos e instalavam metros de canaletas para os cabos das novas linhas telefônicas, o sistema de alarme e as conexões para a internet. Observara-os passar de um cômodo a outro como uma horda que, sem descanso ou esforço aparente, desmantelava uma floresta repleta de segredos irrepetíveis e diante da qual não era possível fazer nada além de aguardar em silêncio. Seu estúdio, por exemplo, havia se transformado, em menos de duas horas, em uma futura sala de reuniões, com suportes metálicos parafusados nas paredes para alguma televisão de plasma e uma espécie de tapete transparente em acrílico que cobria quase toda a extensão do piso. Quando se aproximou da janela, até mesmo a silhueta das montanhas que costumava observar todas as manhãs de sua escrivaninha já não parecia mais a mesma.

Segundo o combinado, os novos proprietários chegariam com a mudança na terça-feira bem cedo. Era uma empresa importadora de produtos de limpeza industrial e ele pensou que, assim que chegassem com o caminhão carregado com o restante das mesas, cadeiras, computadores, arquivos, caixas, fornos de micro-ondas e as tralhas para o café, eliminariam os vestígios e a ordem anterior. Ainda que naquela altura isso fosse inútil, sentiu um ligeiro alívio pelo fato de que teria um feriado prolongado pela frente.

Ocorreu-lhe então que, a partir dessa lista aleatória de frases poderia montar, pela primeira vez, seu mais autobiográfico relato visual. Havia cruzado, finalmente, uma fronteira impensável e sem retorno: entregar a casa a outros, para sempre. Com a ajuda de fotos, imaginava uma longa sequência de planos subjetivos, em preto e branco, com traços inspirados nas minuciosas perspectivas de alguém como Shaun Tan ou Stéphane Poulin. Era possível que, por esse caminho, encontrasse também a estrada para escapar do atoleiro em que se encontravam os dois novos livros-álbum nos quais vinha trabalhando por mais de três anos.

Um pássaro cruzou rapidamente o céu e a cachorra levantou novamente a cabeça. Deixou escapar um grunhido abafado e suspirou. Durante essa última semana, havia seguido Diego por todo canto, como se não quisesse deixá-lo sozinho por um segundo, apesar do esforço que lhe custava subir e descer as escadas. Diego percebia como ela o vigiava enquanto ele terminava de guardar os últimos itens pessoais em umas poucas malas e uma caixa; como à noite, quando ele se deitava na cama sem acender a luz, ela captava atenta na escuridão os mínimos sobressaltos de seu coração. Teria adivinhado as intenções dele para esse fim de semana? Mais de uma vez lhe dissera, em voz alta, que o apartamento onde passaria a viver a partir da próxima terça-feira não tinha espaço suficiente para continuar cuidando dela.

— O que farei com você, hein, Sombrinha? — perguntou, dando-lhe umas palmadinhas na altura do peito.

Ficou comovido com o manso e silencioso esforço de protegê-lo do derradeiro ataque, do tumulto sem nome desse mundo novo, do desassossego agora amplificado pelo brilho leitoso das luzes brancas que iluminavam a casa. Desde filhote, Sombra demonstrou ser um animal de grande perspicácia. Não apenas pelos atributos típicos de sua raça, mas também por uma indiscutível capacidade de prever as coisas; uma inquietação que a acompanhava sempre que um acontecimento infeliz se anunciava. Ela sabia, por exemplo, quando a melancolia começava a se apoderar dele, e começava a latir, como se o chamasse.

Num de seus primeiros livros publicados, inspirado por uma breve experiência nas Antilhas e no Golfo do México, Diego havia transformado a Sombra doméstica numa espécie de mastim preto de raça desconhecida, com a capacidade inata de prever, com grande antecedência, fenômenos meteorológicos típicos da natureza tropical. Graças a um olfato que servia como dispositivo divinatório, anunciava com seus uivos a aproximação de tempestades, ciclones, trombas marinhas e, principalmente, furacões, essas forças incontroláveis que aterrorizavam os habitantes das regiões costeiras. Certa noite, pela mão e a vontade de uma menina de dez anos, ajudara a salvar uma comunidade acossada por uma repentina e crescente massa de água que arrasava coisas e anunciava com seu estrondo o fim do mundo. Com diferentes ângulos e planos, e uma mistura inesperada de texturas e cores, Diego tentara imprimir àquela natureza canina um poder misterioso, próprio das zoologias fantásticas, que lhe permitia afastar a morte daqueles a quem acompanhava, como um verdadeiro anjo fiel.

— Ah, Sombra... Perdemos nossos poderes?

Pensou nos dois relatos e em suas imagens, em um oitavo de folha, guardados lá em cima, numa das últimas caixas. Haviam ficado estacionados, congelados numa espécie de fotograma sem sequência lógica que lhes impedia avançar. Tinha afirmado repetidamente a promessa de entrega do novo material a seu último editor, que começara a responder a seus telefonemas com a sutil condescendência de quem identifica uma síndrome sem solução à vista, garantindo a ele que não havia nenhuma urgência e que ele lidasse calmamente com isso.

Mas a chave dessa espécie de novo analfabetismo, de desarticulação morfológica e visual, não residia num mero bloqueio criativo. As razões de sua inércia vinham da comoção invisível e giratória que ele havia iniciado a seu redor alguns meses depois de Alma decidir retornar, de uma vez por todas, ao seu projeto biológico no litoral. Como se alimentado pelo rancor tolo de um protagonista de telenovela, deixando-se levar pela miragem e pela falsa segurança que lhe transmitiam aqueles lindos trezentos metros quadrados, aceitou comprar a parte dela, submergindo com óbvia incompetência num empréstimo bancário a ser pago em número infinito de parcelas, com juros que não paravam de crescer, multiplicando-se como os efeitos de um vírus que pouco a pouco se apoderava de cada metro da casa. Sozinho, à mercê de um nocivo ciclone que nenhuma de suas personagens fantásticas teria compensado, ele havia se instalado numa margem de onde nada poderia trazê-lo de volta.

Assim, como nas curvas de uma alegoria involuntária, o fato de sair fisicamente daquela casa parecia carregar o significado oculto de ter de buscar o antigo poder de sua imaginação em uma profundidade a qual ele havia esquecido como alcançar, e não só por falta de fôlego para submergir naquele pântano, mas por desconhecer o custo e a energia que significavam deixar Sombra para trás e adaptar-se às dimensões físicas de uma nova geografia de não mais de cinquenta metros quadrados, com uma economia pessoal cada vez mais precária, sem capital próprio, deixando a maior parte de seus pertences num depósito nos arredores de Bogotá, emprestado por um primo.

— Não tem jeito, Sombra — disse, levantando-se para entrar.

Quando notou que Sombra não queria se mover entre as paredes que agora dividiam o antigo espaço das salas de visita e de jantar, decidiu acender a lareira antes de preparar alguma coisa para comer. O brilho do fogo e o crepitar da lenha o acalmavam. Por sorte, ainda não haviam trocado a lâmpada que iluminava o jardim, tampouco a do vestíbulo. Trouxe do segundo andar a luminária de escritório e a mesinha sobre a qual fazia as refeições nas últimas noites, ajeitou-as em frente à lareira e apagou as luzes brancas.

— Até que não está mal — disse para Sombra quando as chamas começaram a ganhar força.

Enquanto esperava a água ferver para fazer uns espaguetes, lembrou-se da mulher com quem havia cruzado várias vezes na porta da entrada principal da casa onde havia alugado o apartamento tipo estúdio. Numa das vezes, ela segurou o portão para que ele pudesse subir com algumas caixas cheias de livros. Haviam se cumprimentado com um aperto de mão, sem se apresentarem, com uma formalidade, ou timidez, que parecia de outra época. Havia notado no pescoço e no colo uma espécie de constelação de pintas claras e pensou, com certa surpresa, que nunca antes havia se deparado com alguém de olhos verdes. Calculou que ela teria pouco mais de trinta anos, dois ou três menos que Alma.

Em quatro meses ele faria quarenta e oito. Entrava, segundo leu em algum lugar, não só no período dos cabelos brancos e da queda de cabelo, mas também no primeiro trânsito em direção a medos repentinos e intangíveis, com ameaças vindas da escuridão que, provavelmente, atrapalhariam ainda mais o seu sono. Era a ideia que alimentava, em parte, o tema de um de seus livros paralisados; o último no qual vinha trabalhando. Um homem, viciado em melancolia, ia deitar-se uma noite e, depois de muito tempo de inconsciência, acordava para descobrir, ao levantar-se, que não tinha memória. Não sabia quem era ou onde estava e começava a perambular pelas ruas da cidade como um sonâmbulo, tentando decifrar as fachadas das casas e o rosto das pessoas que passavam por ele, com voz e linguagem que o aturdiam ainda mais. Compreendia, dominado por uma rara lucidez, que precisava encontrar a origem de seu esquecimento e que, à medida que avançava, construía um novo mapa da realidade, com conteúdo e limites que somente ganhavam forma e deixavam rastro simultaneamente ao trânsito de seus passos. À noite, à sombra das árvores, se via nos sonhos como um extraviado avançando entre os emaranhados de uma floresta à qual ninguém antes havia atribuído um nome.

Acabou de comer e colocou as últimas toras para avivar o fogo. A cachorra havia se acomodado sobre seus pés. Acariciou-lhe a cabeça, repetindo o mesmo movimento pausado da tarde, e voltou a pensar na invejável vantagem de Sombra sobre ele: não ter de verbalizar nada que lhe confundisse, nada que a afligisse ou que lhe apertasse o coração; não ter de manifestar em imagens, nem em voz alta, nem por escrito o temor de andar com o espírito inquieto, que se remexia em seu peito durante a noite inteira como uma rajada de tiros sem direção. Mas o que realmente podia saber Sombra se ela não era de fato assediada por forças invisíveis?

Procurou no bolso das calças o telefone e o endereço da clínica veterinária que encontrou no catálogo telefônico. Ficava a uns dez quarteirões da casa e atendiam vinte e quatro horas por dia, inclusive em feriados, como aquela segunda-feira. Não queria que viesse a doutora que tratara de Sombra nos últimos anos. Uma mulher recém-formada, movida por um otimismo incansável e que, sem dúvida, tentaria convencê-lo a entregar a cachorra para adoção apesar da sua idade. Repassou os sete números e, ao tomar o último gole de vinho na taça, sentiu no fundo da boca um travo amargo e penetrante, como o cheiro que havia se espalhado pela casa.

Estendeu o colchão no mesmo lugar das últimas noites. Alisou os lençóis, esticou o cobertor e ajeitou os travesseiros. Como sempre, viu que Sombra esperava que ele se deitasse e apagasse a luz do abajur para deitar ao seu lado. Uma das paredes ainda conservava o calor que subira da lareira.

— Ainda bem, Sombrinha — disse Diego. — Estas noites vão ser frias. Você já viu como está a lua, lá fora, atrás das montanhas.

Atribuiu o silêncio absoluto nas ruas em volta, sem o barulho constante dos motores de uma esquina a outra, ao fato de ser o primeiro feriado prolongado em vários meses. Lembrou-se da última vez que Alma e ele saíram com Sombra fora de Bogotá, num passeio por campos e colinas em direção ao nordeste. Tinham encontrado uma pequena lagoa na qual Sombra não se cansava de entrar e sair para pegar o graveto que ele arremessava, enquanto Alma os observava em silêncio, quase sorridente, como se hipnotizada por aquela brincadeira que parecia não ter fim. Sombra ainda era nova e isso tinha acontecido muito antes de Alma não querer mais vê-lo.

— Não tem jeito, Sombrinha — repetiu Diego.

Então, quando repassou com os olhos o teto e as dimensões do quarto viu novamente, como numa miragem, os objetos que por tanto tempo estiveram ali: a estante de livros com portas de vidro, as mesas de cabeceira, a poltrona azul, alguns desenhos dele emoldurados, a cama de casal. Não se surpreendeu com o devaneio e percebeu que tinham a solidez e o brilho físico dos objetos que encontraram seu lugar definitivo, o lar que os ancorava. Pensou no espaço reduzido que o aguardava, com as caixas e as malas ainda por abrir. Não seria também este o momento de cruzar com o fantasma daquele outro morador que o havia precedido? O dono original da casa? Sem dúvida, ele também havia deixado aquele território com um primeiro movimento em falso, consciente, entre o medo e o remorso de que ao deixar para trás suas últimas companhias, irremediavelmente perdia uma parte essencial de sua natureza. Talvez tenha imaginado que nos olhos verdes estava cifrado o prenúncio de uma reabilitação; uma pausa para reordenar seu ânimo e seus pensamentos dispersos. Quando a alucinação desapareceu, apagou a luz e tocou Sombra com a coxa.

— Ainda temos tempo, Sombrinha, durma bem — disse.

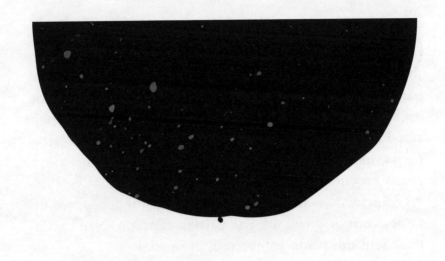

Ordem e caos

O desenho no par de meias-calças pretas que escolhera davam ao seu traje um ar inconveniente, quase festivo; uma escolha apropriada, pensou, para participar de um jantar ou de um baile, mas não de um velório. Com a herança emocional que recebera, jamais acreditara em ações inconscientes nem em decisões aleatórias, mesmo que relacionadas a cerimônias domésticas, como procurar combinações adequadas para um vestido. As coincidências não existiam, garantia um dos tantos ditames com os quais seu pai a havia educado. Nada acontecia sem um plano subjacente, um padrão profundo que graduava a intensidade secreta de todas as ações, por mais oculto que estivesse. Assim, não lhe surpreendeu que, na estampa sobre o tecido de lycra daquelas meias se repetisse o desenho de um único trevo de quatro folhas; símbolo elementar da felicidade que podia trazer boa sorte e encontros amorosos, mas também emblema de uma despedida definitiva e memória de alguma ressurreição milagrosa.

Não era supersticiosa. No entanto, e talvez por ter passado uma semana inteira dormindo pouco, com tardes intermináveis naquela espécie de antessala do limbo que são as lanchonetes de hospitais, achou ter encontrado uma simetria irrefutável entre as minúsculas folhas, bordadas em tons de cinza, e a certeza de que não voltaria a ver seu pai. Tirou a saia e procurou outras meias. Notou, no espelho, que a cor café escuro deixava suas pernas mais longas e esbeltas. Percebeu, como se estivesse se preparando para a passarela, que aquele tom melhorava sua figura ao realçar a firmeza dos quadris e das coxas. Se ela se propusesse, pensou, não teria dificuldade em convencer qualquer um de que ainda era bonita, desejável, e inventar poses calculadas e perfis cativantes. Desde os últimos dias com Francisco, mais de dois anos antes, não voltara a examinar os detalhes de seu corpo e, mesmo que aquele furor corporal às vezes a abandonasse, notou, com mais alarme que tristeza, uma leve protuberância na altura da barriga. Sabia que ninguém perceberia aquela gordurinha incipiente, mas pensou que não seria má ideia frequentar uma academia.

Procurou então mais uma vez, aproximando-se do espelho, alguma inesperada e preocupante mancha no rosto e no pescoço. Qualquer adepto a interpretações psicológicas veria nesse repentino inventário os sinais do desânimo, do espanto pelo qual transitava desde a madrugada, depois de ouvir em silêncio e na companhia de outras pessoas, a explicação final do médico, aquele procedimento informativo sempre carregado de uma sintaxe refinada, mas indecifrável, um tanto piedosa, para transmitir um fato, sem dúvida, banal, previsto e aceito por um indivíduo a quem cabia ocultar os segredos da saúde e da morte.

Sentou-se na beirada da cama para calçar os sapatos e conferiu a hora no relógio sobre a mesa de cabeceira. Concluiu que ainda tinha um tempinho para descansar. Colocou o alarme para tocar quarenta minutos mais tarde, tirou a saia novamente e se enfiou entre as cobertas. Não foi difícil fechar os olhos e, depois de um longo calafrio, encolheu-se e abraçou as pernas. Conforme se aquecia e o sono ia lentamente chegando, foi tomada pela lembrança de uma noite quando tinha uns doze ou treze anos. Era uma reminiscência que raramente aflorava e que, embora relativamente dramática, provocava uma espécie de consciência irreal de toda a cena, como se na forma e nos detalhes, ela pertencesse à memória de outra pessoa.

Estavam vindo de Los Llanos para Bogotá no fim das férias de julho e agosto. Por alguma razão, havia ficado tarde e já era noite quando avançavam para o páramo. O carro, um velho Chrysler azul de duas portas, subia com dificuldade por entre a neblina, como se atravessasse uma folhagem densa e intricada. Sua mãe e sua irmã haviam caído no sono quase ao mesmo tempo e, como sabia que seu pai não estava acostumado a esse tipo de esforços físicos, vigiava ansiosa os olhos dele através da escuridão do retrovisor. Com o corpo inclinado para a frente, ele passava a mão na cabeça e no rosto, talvez tentando limpar o suor. Não parecia assustado, provavelmente estivesse apenas um pouco atordoado por aquela espécie de muro branco que passava sobre eles, movediço devido às rajadas de vento e de onde vez por outra surgia o brilho de faróis ofuscando a visão. Como numa prece, e certamente para acalmar-se, seu pai a cada curva cantarolava trechos de uma canção. Era uma escala lenta e desordenada com a qual simulava estar no controle da situação. Cecília o acompanhava com a mente e, por algum tempo, pensou que eram os dois únicos viajantes naquela estrada. De repente, frearam bruscamente. Seu pai balbuciou algo ininteligível e sua mãe, acordando, quis saber o que estava acontecendo. Cecília ouviu um barulho de freios e viu luzes à sua direita. Sem dizer nada, seu pai desceu do carro, voltou alguns segundos depois e pronunciou uma frase que Cecília sempre lembrou como tendo sido retirada de um diálogo sentimental:

— Estamos à beira de um abismo.

Por mais de um minuto ninguém se moveu; era como se, para aplacar a dormência imediata em que estavam, tivessem de decifrar a origem das sombras imprecisas que tinham diante de si, das rajadas sinistras que subiam com a neblina, como as faíscas de uma imensa forja submersa.

Ainda que com o tempo Cecília acabasse esquecendo de como eles haviam se saído ao final daquele percalço, ela sempre teve certeza de que enquanto se deixava levar automaticamente pelas sinuosidades da estrada, seu pai estivera engajado em alguma escaramuça científica, buscando em sua cabeça provar a consistência de alguma hipótese, a demonstração final e absoluta de algum axioma perdido, de alguma entidade lógica fundamental que estabelecesse uma conexão com a insólita teimosia da vida, com os enigmas sem resposta que se acumularam em cada coração e que ela acabaria herdando.

☽

Acordou com o toque do telefone. Antes de atender, notou que havia dormido por mais de uma hora. No aparelho, sua mãe perguntava por que ela ainda não havia saído. O tom era de reprovação. Talvez quisesse acusá-la de falta de consideração por não ter participado das tratativas com a funerária. Pensou em responder que não havia encontrado as meias apropriadas, mas julgou que isso pareceria absurdo e garantiu a ela que estaria lá em poucos minutos.

Ajeitou o cabelo em frente ao espelho do banheiro e passou um pouco de protetor nos lábios rachados, ásperos como se nas últimas horas tivesse ficado à mercê do vento. Contemplou os olhos rasgados, levemente inchados e avermelhados, o nariz retilíneo, o marcado contorno da mandíbula. Mais de uma vez, dias antes de parar definitivamente de tocá-la, Francisco, persuadido pela exaltação de algum fugaz encontro noturno, afirmara, entre gemidos silenciosos, que na distribuição daquele rosto havia uma combinação única. Cecília acreditava nele (como, caso o tivesse dito, teria acreditado em outras imposturas similares, por exemplo, a de que em seu olhar ele encontrara a sabedoria perdida do mundo ou o triunfo sobre a triste passagem do tempo), mas ela agora sabia que não havia ali nada mais do que a reiteração de uma cortesia condescendente, recurso derradeiro de um homem vacilante e desapontado. Embora ainda associasse esse amor breve à chegada da felicidade, não conseguia deixar de enxergar nesses episódios finais com Francisco o resultado de um espírito desajeitado.

Tomou duas aspirinas antes de sair e, para evitar que alguém se oferecesse para trazê-la de volta ao apartamento depois da cerimônia final, decidiu ir de carro. Enquanto descia pelo elevador, alarmou-se com a possibilidade de que Francisco aparecesse na funerária. Tarde, naquela noite, ele havia deixado algumas mensagens lacônicas na secretária eletrônica. Se a visse, seu pai riria desse nervosismo bobo, da saudade intrometida, injustificada apesar do luto. Certa manhã, em seu escritório, sob a ressaca de muitos uísques e longas noites em claro, ele havia confessado a Cecília, com uma pena brutal, que sempre presumira em Francisco uma postura irracional, o emblema simplificado e inconsistente de um enigma sem a menor utilidade. Havia dito isso como parte do inventário dos implacáveis truques matemáticos que dividia com ela, elaborados para qualificar e refutar o universo que o rodeava, e não havia se enganado.

༡

Nada na rua indicava a ela essa marcha íntima da morte. Nenhuma mudança desconcertante na atmosfera, nenhum presságio ou mensagem sobrenatural. Incrédula, Cecília encontrou fora de casa o mesmo céu limpo da semana anterior, o sol excepcional que fazia brilhar as árvores e iluminava as montanhas que, naquela época do ano e apesar do ar abafado e da precária calmaria, parecia afastar qualquer sombra de preguiça. Fazia tempo que Cecília compreendera que, sob a lógica perturbadora que abalava aquela cidade, o desaparecimento definitivo de qualquer pessoa, com ou sem violência, deixara de ser um fenômeno inquietante. Afinal, ali a morte avançava com a cega tenacidade de um mastodonte, derivando rumo a essa espécie de transe confuso sobre o qual se alicerçava a frágil morada dos que, em número crescente, perambulavam ao ar livre.

Atribuiu essa adversa e sombria convicção a uma nova onda de fadiga, e à lentidão do trânsito. No entanto, aquele era um tipo de desconforto que também, em mais de uma ocasião, havia cercado o seu pai. Era a outra parte da herança, inevitável como as cláusulas do testamento, que encontrara seu caminho até ela, como uma ramificação oculta das fórmulas matemáticas e de algum código genético compartilhado. Ao revisar, nas últimas noites, as notas finais de seu pai para o livro que vinha escrevendo, Cecília descobriu que para ele, tomado por uma espécie de misticismo matemático, a cidade no fim havia se convertido no equivalente imediato de um território turbulento e não mapeado, obrigando-o a buscar de maneira errática, anômala e tateante, uma saída. Ela gostaria de ter perguntado a ele de onde vinham as frases que vez por outra pareciam possui-lo.

A maior parte dos que enchiam o salão eram alunos, tanto de seu pai quanto dela. Encontrou também pequenos grupos de familiares, alguns recostados nas janelas e, entre sussurros, sem dúvida trocando histórias inesperadas ou tristes, de outros membros da família. Cumprimentou diversos professores, seus colegas e alguns antigos colegas de seu pai, que ao abraçá-la se mostravam sinceramente compungidos. Ainda que formalmente afastado da vida acadêmica, havia seis ou sete anos — depois de mais de quarenta de ensino e pesquisa —, sua figura ainda era uma presença real e necessária. Muito poucos, depois de conhecê-lo, conseguiam esquecer o homem alto e muito magro, de nariz aquilino e penetrantes olhos castanhos, que expunha na lousa, com a desenvoltura de um pintor talentoso, a prova mais perfeita e concisa de algum cálculo que, segundos antes, parecia ter atributos esotéricos, abstratos e inalcançáveis, como um enigma regido por uma estrutura sobrenatural. Assim que começou seus estudos, mais de uma vez ela ouviu nas palavras de alguns de seus professores que, sem esforço aparente e com uma alegria que ela nunca viu em casa, seu pai conseguia passar dos dilemas elementares da geometria combinatória à natureza enganosa da conjectura de Goldbach ou ao teorema da incompletude de Gödel.

Por isso, não lhe pareceu estranho o longo cortejo que avançava lentamente em torno ao caixão. Todos, sem exceção, com a mesma expressão grave, inclinavam-se como se espreitassem através do vidro de uma claraboia. Certamente, nessa contemplação — um protocolo ao qual sempre renunciou por considerá-lo incompreensível — repetia-se uma fórmula coletiva destinada a conjurar os ocultos ofícios da morte. Alguns olhavam detidamente pela janelinha do caixão, como se procurassem naquele corpo enrijecido, talvez plácido, daquele novo espectro ainda ligado ao mundo dos vivos, a substância subterrânea de uma vida nova, já imune às tramas do mundo.

Ela então ouviu, enquanto olhava em volta procurando por sua mãe, que algumas universidades preparavam perfis biográficos, como parte de uma homenagem póstuma prevista para a semana seguinte. A ideia teria angustiado seu pai, pensou Cecília, atenta, porém, aos pormenores que revelava com emoção um dos decanos.

Por ter sido um observador nômade, tendo migrado, durante anos, de um continente a outro, seu pai sempre desconfiou das oferendas da coletividade, dos tributos prestados às irmandades ou alianças intelectuais, com as embaraçosas variações do patriotismo exaltado e o elogio exagerado à cultura local. Além disso, e apesar de ter se convertido num dos matemáticos mais celebrados da América Latina, com inusitados e constantes reconhecimentos em lugares como Princeton, jamais viu no êxito particular um fato relevante e entendia os privilégios da fama como acidentes ilusórios.

☾

Viu sua irmã sorrir enquanto conversava, no fundo do salão, com um casal de amigos. Desde a chegada a Bogotá, desde o exato instante em que a viu descer do avião que a trouxe de Frankfurt na companhia de Gustav, Cecília soube que sua irmã vinha disposta a não perder a compostura, a não se deixar arrastar por nenhum indecente ataque de choro, por nenhum acesso desagradável de emoção, pelo menos não abertamente diante de estranhos. Devido a uma precocidade fomentada desde muito jovem e com uma certa impaciência com seus pais, sua irmã não tardou em se converter numa alma antipática, com a retidão escrupulosa de uma beata. Parecia não precisar de nada, nenhum capricho lhe tirava o sono, nunca perdia o controle e, na Alemanha, ao lado de Gustav, havia empreendido uma espécie de doutrina ecológica intransigente com pretensões moralizantes que, como qualquer outra forma de ofuscação mística, era uma crença a partir da qual observava os demais com desprezo benevolente.

Talvez, reconsiderou Cecília, ali estivesse uma das razões pelas quais, naqueles anos, a correspondência entre as duas havia sido escassa, quase nula, para desconsolo de sua mãe. Embora não quisesse diminuir o valor ou a profundidade de seu luto, ela suspeitou de que, para sua irmã, a morte de qualquer pessoa era um simples ciclo da natureza, plenamente compreensível. Algo semelhante, lembrou-se, havia comentado sobre sua separação de Francisco. Imaginou também, depois de cumprimentar com um beijo rápido as pessoas que a acompanhavam, que se contasse à irmã a respeito do dilema que vivera horas antes sobre a conveniência ou não do desenho de umas meias-calças, ela, que desde os tempos de universidade não mais abandonara a combinação de jeans, suéter de alpaca, tênis e mochila, daria risada de suas tristes frivolidades.

☽

Quando perguntou, alguém informou que sua mãe havia descido até a cafeteria. Desculpou-se com o grupo e, quando se virou, deu de cara com Gustav, que vinha com dois cafés. O homem, solícito, aceitou na hora e sem nenhum gesto a imediata ordem da irmã de dar um deles a Cecília. Ela pegou o café e o observou afastando-se para buscar mais um, abrindo caminho entre as pessoas. Ela às vezes ficava comovida com a frágil benevolência com a qual aquele homem, de porte avantajado, respondia sempre aos ditames de sua irmã, exibindo a conduta típica de um discípulo, o enamoramento pueril dos que se rendem a uma beleza de variedade exótica. De repente, lembrou-se da cena daquela festa de fim de ano em que Gustav, enquanto dançavam, tentou apalpar seu corpo. Ligeiramente bêbado, sussurrou em seu ouvido algumas frases em alemão. Ainda que incompreensíveis, elas pareceram amáveis a Cecília, quase carinhosas. Na rápida tradução que Gustav tentou fazer, entre uma espécie de balbucio morfológico e ruídos verbais confusos, Cecília acreditou ter entendido que ele a considerava uma mulher mais bonita que a irmã. Cecília fingiu um sorriso de dúvida e agradeceu que o bolero ou a balada que dançavam tivesse terminado rapidamente. Com a confissão, Gustav pareceu perder a autoconfiança, voltou para sua cadeira e, em meio ao barulho e às risadas, logo caiu no sono. Nunca mais se falou sobre o episódio e Cecília nunca entendeu o impulso de Gustav, a dinâmica oculta daquele repentino desejo por ela.

O coração bateu violentamente em seu peito e, antes de entrar na cafeteria, decidiu acender um cigarro. Por uma das janelas do corredor viu que, lá fora, o céu continuava limpo, sem nenhuma nuvem. Um dia como outro qualquer, pensou novamente, ciente de que aí não havia mais do que um presságio de hermetismo simples demais. Naquele instante, um trio de alunos se aproximou e, como namorados tímidos, cada um deles lhe ofereceu as mesmas condolências. Os três falaram com entusiasmo sobre seu pai, num tom cerimonioso reservado para a ocasião. Cecília quis ouvi-los sem mostrar-se taciturna ou cansada e, enquanto assentia com a cabeça e com um sorriso aos adjetivos elogiosos, concluiu que, nessas ocasiões, a biografia de todo defunto ganhava sempre traços de invejável grandeza, na qual o estilo e a finalidade de uma maneira de viver despertavam a absolvição imediata de todo mundo. Rancores eram apaziguados e tanto as virtudes quanto os pecados que o morto cometera em vida eram adulterados, camuflando-se os estigmas vergonhosos de retitudes espirituais, para deixar seu fantasma protegido das perversões e das trivialidades dos vivos. Ela não soube dizer, porém, se quando chegasse a hora, dedicaria semelhante indulgência a Francisco, concedendo valores inestimáveis às pobres circunstâncias de sua vida.

Nas conversas entre as pessoas presentes, nas quais tentavam incluí-la, ela pôde confirmar novamente que, apesar de uns poucos casos de inveja, seu pai havia sido um modelo único, um sedutor afável e sem complicações a quem seria destinado um lugar especial na memória de todos. E não apenas pela maneira genial com que abordava as conjecturas matemáticas, mas também por sua disposição para ouvir a todos. Um atributo que, ao longo dos últimos anos, atraiu, como o brilho resplandecente de uma lâmpada, um número impressionante de jovens.

Não encontrou sua mãe na cafeteria. Pagou por mais um café no caixa e decidiu procurar uma mesa. Ficou aliviada por não encontrar ali nenhum conhecido. Achava que era melhor evitar por algum tempo qualquer conversa. Pensou que os estados de pena produziam algum tipo de condição narcótica, de entumecimento mental como o que acontece com os sonâmbulos, pois era fato que seu torpor crescia num ritmo prodigioso e em alguns momentos acreditava estar dormindo com os olhos abertos, com a postura e os gestos de qualquer pessoa acordada, mas, ao mesmo tempo, ausente do mundo. Então, ainda que de modo simples e previsível, pareceu-lhe natural acreditar que, como na relação de uma fantasia, vinha transitando desde aquela manhã por entre as sombras arbitrárias de um sonho.

Para continuar com a peça que o cansaço lhe pregava, deduziu que, caso se esforçasse o suficiente, poderia pular de novo para partes de qualquer outra vigília e, já acordada, como tantas vezes fizera, entrar no escritório de seu pai e cumprimentá-lo com um beijo em cada bochecha, como ele gostava, na repetição de um impulso familiar que restabelecia a felicidade e a ordem. Sacudiu a cabeça e intuiu, um tanto exasperada, que caso se deixasse intimidar por essas ideias, não demoraria em desmoronar. Bebeu de um só gole o resto de café e se levantou.

De volta ao salão, encontrou sua mãe sentada ao lado do tio Gabriel. Os óculos escuros, o conjunto preto, o lenço cinza de seda amarrado no pescoço com um duplo nó, o cabelo quase branco preso com um laço, davam a ela o aspecto de uma diva cansada, movendo-se numa espécie de letargia solene, eludindo com um porte ainda firme e altivo o incômodo tumulto de se aproximar da viuvez e de suas súbitas solidões. Como se ela fosse uma esfinge, quem chegasse ao salão se aproximava com cautela e, ao pé do ouvido, sussurrava alguma frase mais ou menos breve. Cecília imaginou cada um deles formulando parte de uma extensa e secreta mensagem de consolo. A todos, sua mãe respondia com um sutil movimento de cabeça e um suspiro. Por ser insólita, essa sequência de caretas trágicas desconcertava Cecília. Embora fossem os sinais inequívocos de um espírito diminuído pela dor, ela tinha certeza de que sua mãe também não se entregaria ao melancólico refúgio de uma cama, abatida em um quarto com as cortinas fechadas. Também não se fecharia num luto rancoroso, semelhante ao de alguma velha viúva mediterrânea. Sem dúvida, a jovialidade e a obstinação feliz com que havia articulado as circunstâncias da vida, saltaria a qualquer momento como um espasmo afortunado e contagiaria por um tempo aquela longa fila de visitantes.

Quando a cumprimentou com um beijo, sentiu-se reconfortada ao sentir outra vez o aroma peculiar que saía sempre de seu corpo, uma mistura levemente adocicada do perfume de um creme hidratante do qual Cecília se lembrava desde a infância. Imaginou que, com o tempo, essa fragrância havia se transformado em componente natural das estradas bioquímicas do corpo da mãe, uma espécie de mutação maternal para transmitir acolhimento, e então desejou ficar mais alguns segundos aconchegada no calor de seu colo, como se estivesse à sombra de um tronco protetor.

— Você soube sobre a universidade? — perguntou enquanto Cecília abraçava seu tio.

— Sim.

— Querem que eu diga algumas palavras — anunciou sua mãe, pouco entusiasmada.

Ainda que não fosse a primeira vez que a convidavam para fazer isso, concordavam que a ocasião não parecia particularmente favorável nem apropriada.

— Deixe que os outros falem — declarou.

Depois de uma breve carreira de ceramista abandonada devido a uma lesão congênita na altura do ombro esquerdo, sua mãe havia se ajustado, sem mágoas, àquela breve e questionável máxima de que por trás de um grande homem sempre há uma grande mulher. Com crescente satisfação, acabou por converter-se na transcritora de todos os rabiscos, comentários, notas, conjecturas, explicações e diários que seu pai havia traçado em pequenos cadernos escolares, roteiros repletos de informação para suas aulas, conferências e possíveis livros. Segundo as palavras dele, ela tinha sido uma espécie de amanuense fundamental, sem a qual suas ideias teriam terminado como os sinais perdidos de uma incongruente exaustão.

Cecília ainda lembrava quase de cor o prefácio que sua mãe escrevera para o livro no qual seu pai refletia sobre o ofício de matemático. Em um texto sintético e claro, ela confessava não só seu amor como também o fato sempre incrível de compartilhar com alguém o impulso de levar uma vida sem utilidade mensurável, destinada a uma abstração e a lógicas que não contribuiriam de maneira direta e imediata para remediar as misérias do mundo.

— Pedi a Gabriel que falasse no meu lugar — comentou, quando o tio se levantou para cumprimentar uma mulher que se aproximava. — Afinal de contas — acrescentou, reconsiderando —, Gabriel foi também o melhor amigo de seu pai.

De fato, os dois haviam consolidado uma feliz parceria, geralmente incomum entre dois irmãos adultos. No tio, cinco anos mais novo, repetiam-se os mesmos traços, a mesma maneira de mexer as mãos e de caminhar, com pequenas diferenças como uma calvície incipiente e um tronco mais volumoso. Após uma espécie de iluminação temporã, que muita gente tratou como esnobe, seu tio abandonou uma ativa e razoavelmente próspera profissão de advogado para dedicar-se a estudar geografia. Segundo a história que havia chegado a Cecília, que, aliás, seu pai contava como se fosse uma piada de modo a neutralizar o escândalo familiar, o tio Gabriel havia tomado a decisão de se converter em geógrafo quase imediatamente após ter visto a tela de Vermeer no Städelsches Kunstinstitut, quando visitava sua sobrinha em Frankfurt.

Mas o que Cecília sabia ser realmente importante sobre seu tio era que ele havia sido o único (sem contar sua mãe) que pôde estar ao lado de seu pai durante os prolongados períodos de insônia que o assolaram durante seus últimos cinco anos de vida, e que viriam a ser, com o tempo, uma forte causa para o esgotamento físico de seu coração. Se a memória não a enganava, foi nas últimas semanas de seu primeiro semestre na universidade que Cecília ficou sabendo das noites insones do pai. No começo, e depois de entender com clareza que ele passava muitos dias sem dormir, ouvia-o perambular pelo andar térreo da casa, entrando e saindo do escritório, tomando água na cozinha, indo à sala, à copa, ao banheiro, como se estivesse perseguindo o escorregadio fantasma de uma equação crucial.

Ela observou então o perfil de sua mãe e tornou a pensar, com o secreto temor de outras vezes, se aquelas prolongadas insônias não haviam sido também alimentadas por alguma oculta fadiga amorosa; se, além dos desafios matemáticos, não haveria também o motivo de uma vida sentimental na qual o cansaço e a desconfiança haviam se infiltrado. Ainda que nunca tivesse visto seus pais discutirem ou se enfrentarem de maneira grave, não podia ter a plena certeza de que eles não teriam sido assediados também, uma noite ou outra, como acontece com todo mundo, pelo medo de ficar sem amor.

Acompanhou um tanto aterrorizada a quantidade de desconhecidos que davam a volta no caixão, entre os quais, sem dúvida, alguns cumpririam o papel funerário de intercessores celestiais. Cecília se lembrou então de que, quando ninguém mencionava o assunto e a escolta festiva do tio à vigília de seu pai ainda não havia começado, ela imaginava que, semelhante a um reencarnado conde Keyserling, ele também buscava um paliativo para suas horas noturnas na repetição insistente das *Variações Goldberg*. Imaginava que, graças à reiteração desse fraseado contínuo, dessa única base harmônica, ele, por fim, recalibraria o ritmo perdido de seus dias. Durante muitos meses, as trinta variações subiam até seu quarto vindas do escritório e, amortecidas pelas paredes da casa, precediam, sem falta, o sono de Cecília, como a oração de qualquer criança a um anjo da guarda.

Ainda que mais tarde ficasse sabendo que naquela primeira fase como notívago seu pai estudava seriamente, com a mesma diligência com que encarava qualquer enigma, a simetria matemática oculta no cânone criado por Bach, aquela melodia acabou se tornando com o tempo uma companhia essencial para Cecília, uma espécie de escudo protetor para que as horas fluíssem sem angústia quando, também ela, vagava por aí, olhando as noites pelas janelas, sem conseguir dormir.

O suave aperto na mão dado por sua mãe a arrancou daquela espécie de inércia, daquele vai e vem de lembranças. Surpreendeu-se ao ver que algumas pessoas já haviam começado a levar o caixão para o carro funerário e, segurando o braço da mãe, desejou que o episódio tivesse se iniciado muito tempo depois e, como uma menina cansada, pudesse prolongar por mais um longo tempo o devaneio e distanciar-se novamente.

No trajeto até a capela de cremação, em meio a um tranquilo silêncio compartilhado com a mãe, com Gustav e com a irmã, não lhe pareceu dramático pensar que, naquela mesma manhã, alguma outra pessoa teria se levantado com entusiasmo renovado, agradecendo com simplicidade invejável o esplendor do dia, tomando despreocupadamente o café da manhã, sem temores nem ansiedade pela morte, sem impaciências inúteis em relação à indiferença ou à estupidez que poderia encontrar ao sair à rua. Alguém que não ficaria desanimado pela conveniência de estar por muito tempo só e que entenderia como um infortúnio passageiro o fato irrevogável de não tornar a ver este mundo. Deu-se conta que repetia as ideias de seu pai e riu mentalmente da enganosa agitação com que acreditara descobrir num trevo de quatro folhas o tema oculto de regiões sublimes e suas almas fugidias.

A cerimônia final acabou sendo, felizmente, mais breve do que o esperado. Com alguns movimentos profissionais, uma mulher corpulenta vestindo uniforme de lã azul apertou um botão que abriu o forno e fez com que o caixão deslizasse para dentro. Quando o fechou, desapareceu em seguida pela parte de trás. No silêncio subsequente, Cecília, com espanto, lamentou não ter havido uma última oferenda, um testemunho fiel que, como uma antiga tabuleta *sangaku*, atendesse à memória de seu pai com uma equação categórica, com um padrão geométrico cuja simetria expressasse o feliz acontecimento de sua vida.

☾

Como se obedecessem a um sinal, os presentes iniciaram uma lenta debandada. Parentes e amigos mais próximos tornaram a abraçá-las e todos ficaram por um tempo do lado de fora, sob o sol a pino. Cecília percebeu que muitos deles se moviam inquietos de um lado para o outro, com a diligência nervosa de quem está prestes a fugir. Provavelmente ninguém conseguia imaginar o que fazer com as horas restantes daquela tarde que mal começava. Pela maneira absorta com que andava, Cecília suspeitou que, de sua parte, e, com o passar do tempo, teria uma lembrança difusa e distorcida das cenas daquele dia. Talvez por isso, e ao contrário do que temera de manhã, não ficou desconcertada com o abraço mais ou menos tímido com o qual, surgindo do nada, Francisco a confortou. Teve a impressão de que, pela expressão no rosto, parecia mais triste do que qualquer outra pessoa e, como havia previsto uma comoção diferente, não a desconsolou que ele se despedisse quase de imediato, afastando-se para buscar o carro. Tampouco a entristeceu confirmar que as calamidades que os haviam separado já não tinham importância.

Quando se enfiou na cama, no seu antigo quarto na casa dos pais (ainda que o tamanho e a aparência estivessem mudados pelas paredes cobertas de livros), algumas horas depois de fazer um pouco de companhia ao tio e à mãe na sala, com um pouco de vodca, e depois também de ter discutido, sem muito entusiasmo enquanto preparavam algo para comer, com a irmã e o submisso Gustav sobre a conveniência daqueles tragos para o ânimo de sua mãe, reconfortou-a pensar que nas últimas horas havia assistido, como na catarse de um drama solene, a um dos pontos culminantes definitivos de seus dias. Já sob o calor das cobertas, e enquanto ouvia, como anos atrás, a suave melodia de uma milonga subindo da sala, não a incomodou o fraco consolo de ter desejado para seu pai uma vida muito mais longa, com muitas outras tardes de desafios e enigmas, de indícios e cálculos maravilhosos, de confidências e diários escritos em cidades de descobertas únicas como Budapeste e Barcelona, de profundas e calmas noites de sono, sem neblinas movediças, sem os tumultos de algum caos escondido.

Convite a um fantasma

Jimena e eu terminamos de arrumar as malas entre quatro e cinco da tarde. Conferi com cuidado os zíperes e as trancas e, do quarto dos fundos, arrastei a bagagem e a acomodei junto à porta de entrada. Sentei um pouco no sofá da sala e calculei que não era o imediato esforço físico, e sim a ansiedade pela viagem o que deixara minha respiração ofegante. Fui à pequena varanda do apartamento em busca de ar. Quando o ritmo do meu pulso voltou ao normal, ansiei acender um cigarro. Seria o último, pensei, com determinação, com a mesma ênfase à qual recorri tantas vezes para responder à ansiedade de Jimena a respeito de minhas possíveis fraquezas coronárias. Ainda que sempre acabasse sendo uma mentira reiterada, uma promessa fingida, dessa vez eu acreditava estar tomando uma decisão duradoura. Numa espécie de declaração de fé a uma nova vida, na noite anterior, concordando cautelosamente e em silêncio, havia combinado com Jimena colocar em prática, dali em diante, a clássica estratégia da mente sã num corpo são. Em nosso acordo, o plano começaria a valer um dia antes de embarcar no avião que, de madrugada, nos levaria a Nova York.

Enxuguei o suor das mãos e, recostado no gradil, observei, sem muita atenção, os telhados diante de mim. Reparei mais uma vez nas torres da catedral em estilo gótico que havia visto quase todos os dias nos últimos dois anos e que à distância parecia uma boia, um sinal persistente, sempre à direita, que não sugeria a passagem do tempo. Apesar do horário, lá fora estava surpreendentemente calmo. O céu era um traço indeciso, com nuvens movendo-se rapidamente de um lado para o outro. Pensei que em alguns dias olharia a partir de um ângulo desconhecido uma paisagem excepcional com a mesma curiosidade embasbacada com que observava essas ruas.

Não me surpreendeu compreender, mais uma vez e com uma clareza crescente, que por muito tempo ficaria distante de tudo aquilo. Ainda não sabia se seria uma mudança definitiva e, embora a ideia não deixasse de me assustar, era também provável que naquelas novas coordenadas eu recuperasse, com o tempo, minha verdadeira vocação. Não seria de todo estranho que lá estivesse a terra prometida onde, como nos centros de repouso, conseguiria curar os últimos resíduos da fraqueza espiritual que por mais de um lustro e durante meus primeiros dias com Jimena, havia me afastado de todos, confinado a uma espécie de deserto melancólico.

Além disso, pensei, como nesse futuro imediato haveria tempo, não seria impossível identificar algum tipo de habilidade desconhecida e múltipla, um saber artesanal, uma perícia prática que, adicionalmente, poderia me dar entusiasmo suficiente para não cair na vagabundagem inútil de uma migração sem propósito, para não acabar, de repente e como antes, agarrado a qualquer promessa insignificante, a qualquer escravidão, abandonado ao acaso e com a confusa obsessão pelo retorno, que cedo ou tarde encurrala a todos os que são de outros lugares. Ou, por que não, poderia descobrir algum curso em alguma faculdade, procurar uma daquelas matérias vagas destinadas a estrangeiros ociosos, algum cursinho aleatório sobre arte ou cinema, alguma extravagância diletante como teoria das catástrofes ou arquitetura mística. Por meses poderia me entregar, sem falsos escrúpulos, a qualquer coisa, pensei feliz. No fim das contas, meu plano imediato era acompanhar Jimena, adaptar-me ao ritmo de seus estudos e ensaios diários de viola, ajustar-me à — para mim — involuntária rotina de suas obrigações de bolsista.

Num instante anoiteceu e adentrou um vento frio. Antes de entrar, olhei rapidamente para os pedaços de colinas que havia à esquerda e embora pouquíssimas vezes me inclinasse com facilidade às premonições dramáticas, intuí que aquela, sim, era a derradeira tarde, o encerramento de um espetáculo ao qual havia assistido diariamente com perplexidade e não sem certo descontentamento. No entanto, acontecesse o que acontecesse, derrubassem o que derrubassem, lá embaixo permaneceriam intactos os percursos e as casas que marcaram meu mapa particular. Naquela desordenada aglomeração de bairros estava traçado para sempre o roteiro dos meus movimentos, o desenho íntimo da minha trajetória, sem dúvida apenas aparente, mas única, desde os dias de uma infância e uma primeira juventude encapsuladas ao lado de meu irmão e conduzidas por meus pais em direção a uma tranquila harmonia familiar, com a serenidade e o esmero ilusório daqueles que, com o tempo, acreditaram prever as reviravoltas dolorosas da vida.

Como se realmente estivesse engolindo um novo e espesso sopro de fumaça, inspirei fundo e com força. Uma repentina pontada entre os ossos das costas me paralisou. Seria exagerado, pensei sorrindo, acrescentar àquele tipo de despedida iniciática, de conjuração secreta, um desmaio ou as inconveniências de um acidente. Já não era um rapaz, me movimentava pouco, tinha alguns ultrajes relegados ao passado, mas ainda via como remotas as possibilidades de que a vida praticasse contra mim, contra este corpo um tanto frágil, alguma represália definitiva;

um confronto na hora errada, com desprezo pelos remanescentes de felicidade saudável, amor e desejo quase intocados por Jimena, e que somavam um pouquinho de sorte que me garantia um retorno seguro à sanidade.

Achei que poderia estender uma armadilha fácil àquele espasmo, erguendo e alongando os braços. Segurei o gradil e por alguns segundos brinquei com a vertigem causada por aqueles cinco andares abaixo de mim. Já sem sol, voltei a ver as sombras pontiagudas da catedral. Dentro dela, imaginei, haveria gente ajoelhada, olhando fixamente para o altar, rezando entre velas e santos angustiados pelos sacrifícios do destino. Lembrei-me dos esforços infrutíferos de minha mãe para me converter, para recuperar a fé e a alma confusa quando perambulava pelas regiões do abandono, largado durante horas na cama de um apartamento minúsculo, nos meses seguintes ao desaparecimento de Bernardo.

Com desalento, eu confirmaria durante a despedida, algumas horas atrás, ao final de um almoço demorado, numa longa mesa presidida por meu pai e compartilhada por alguns primos e tios, que eu havia agido com certa rispidez, respondendo timidamente aos abraços de meu pai e aos beijos de minha mãe com emoção quase apagada, apesar do funesto incidente que me havia convertido para sempre em seu único filho. Suspeitei, para justificar-me, de que a fatalidade de meu novo papel familiar havia debilitado minhas manifestações mais singelas de ânimo, como um desses vírus que atacam os músculos e deixam rostos sem expressão.

Olhei a hora. Faltava pouco tempo para irmos à casa de Cecília, mãe de Jimena, que quis que reservássemos aquela última noite para jantar com ela. Estaríamos apenas nós três e, ainda que tivesse preferido ficar na frente da televisão até cair no sono, sabia que precisávamos ir. Seria, sem dúvida, uma cerimônia especial, sem a participação de pessoas de fora. O tipo de despedida incerta, de frases feitas e sentimentais, na qual não faltariam o choro e os abraços prolongados, a ansiedade compartilhada pela separação e o inconfessável temor por algum acidente em terras distantes.

Cecília, decidi, teria uma surpresa guardada para nós e aquele não seria um evento trivial. Motivos não lhe faltavam. Não apenas porque, como parte do papel que eu protagonizava, não havia completado mais de três anos como genro substituto de Bernardo, mas também porque Jimena era sua única filha em Bogotá. Os outros dois filhos viviam e trabalhavam havia muitos anos em Quito. Cecília enviuvara quando o mais velho tinha por volta de dez anos e nunca havia se separado por muito tempo de Jimena, a mais nova dos três. Quando se formou na universidade, Jimena viajou durante alguns meses pela Europa com Bernardo e, enquanto pertenceu à Filarmônica, mal saiu de Bogotá.

Gostaria de já estar do outro lado, pensei, com um ligeiro estremecimento. Estar contemplando pela primeira vez os surpreendentes tons e a luz de um outono em sua plenitude e evitar assim esse encontro deliberadamente íntimo, essa espécie de teste final marcado antecipadamente e onde, seguramente, aflorariam amarguras e desapontamentos há muito tempo adormecidos.

Decidi tomar uma ducha rápida. Do corredor, ouvi Jimena e minha prima Mercedes conversando no quarto principal. Mercedes alugaria nosso apartamento mobiliado pelo tempo em que estivéssemos fora. Antes de ir ao banheiro, entrei por um momento no escritório. Conferi, indeciso, a distribuição das coisas que estava deixando, uma ordem que não se alterara desde os dias da mudança, quando Jimena e eu dávamos os primeiros passos firmes, o amor estava fortalecido e as incertezas mais ou menos aplacadas. Naquele aposento nada sugeria que uma mudança conclusiva se aproximava. O mesmo ângulo da luminária sobre a escrivaninha, o gaveteiro repleto de plantas e anteprojetos arquitetônicos, a parede com os livros, a poltrona de leitura, as quatro reproduções de *villas* palladianas, compradas por meu irmão em algum antiquário como presente pela minha formatura em arquitetura e nas quais tinha achado que encontraria de imediato a inspiração geométrica para meus projetos futuros. Projetos entre os quais estava, quando montei meu escritório, a casa que eu construiria para ele e Jimena.

Por muitas noites, compartilhando do mesmo arrebatamento sentimental, montávamos e desmontávamos com Bernardo o design dessa espécie de refúgio essencial onde ele só queria ter espaço suficiente para acomodar um piano de cauda. Ingênuo e apoiado numa linguagem quase visionária, eu avançava com emoção pelos corredores imaginários daquela casa, convencido, como Palladio, dos exemplos supremos da matemática espacial, da idealização das estruturas, das exigências de uma simetria arquitetônica absoluta para cada janela ou cada porta, e imaginei, com genuína ambição, que estava prestes a erguer a casa com a qual todo habitante teria sonhado alguma vez. Uma casa para não sair nunca, como havia sentenciado meu irmão na tarde em que revisamos pela última vez as plantas e as maquetes, meses antes do infeliz cruzamento próximo a Cartagena, onde, depois de fazer uma curva estúpida e proibida, um bêbado quase dormindo jogou seu carro, sem nenhuma consideração, contra uma valeta mortal.

Ainda que, em segredo, houvesse jurado a mim mesmo não levar nada para Nova York que não fosse realmente imprescindível, de não arrastar conosco nenhum peso opressivo, procurei outra vez as plantas da casa. Como acontecera com as doenças que não quis voltar a mencionar, arquivara esses desenhos e esboços no fundo de tudo, depositados no canto de um falso esquecimento, de uma distração inventada como pretexto de sanidade.

Fechei a porta cuidadosamente, e então, com o medo retrospectivo de outras vezes, reconheci que estava a ponto de exumar definitivamente um fantasma, antecipando-me, assim, às possíveis intenções de Cecília para as próximas horas. Um fantasma, pensava enquanto empilhava pastas e folhas de um lado, um mensageiro da inquietação criativa na qual eu havia me afundado e na qual, por anos, não enxerguei esperança, entregue desinteressadamente a uma arquitetura barata e pragmática, sustentado por vários projetos arbitrários e meio clandestinos que inundavam a cidade. Eu não sabia, como pensei minutos antes, se estaria preparado para recebê-lo naquela última noite em Bogotá, onde havíamos sido crianças e onde, por enganosa generosidade do destino, o mesmo que havia imposto a mudança absoluta que foi sua morte, a mesma mulher viria a amar os dois. Por participar de uma desventura idêntica, por, talvez, esperarmos o mesmo consolo, Jimena e eu, um longo ano após o acidente, descobrimos, não sem angústia nem surpresa, que também podíamos nos amar.

Por alguns minutos duvidei se encontraria as plantas. Mas, como não me lembrava de tê-las jogado no lixo, continuei procurando, atento aos barulhos do corredor, às vozes das mulheres, pois não queria que Jimena me encontrasse ajoelhado em frente ao arquivo, escavando as tristezas de um passado que a nós dois havia custado um esforço enorme manter afastado e que ao menor descuido, no entanto, poderiam voltar com ímpeto renovado. Para Cecília, assim como para minha mãe, por exemplo, essa inesperada variante em suas famílias ainda bordejava os abismos da desgraça, as sombras da infidelidade, pois, como num álbum, a imagem que ainda mantinham secretamente vinculada a seu desejo, natural e sem possibilidade de troca no futuro, era o pretendido casamento de Jimena e Bernardo.

Quando finalmente reconheci as diagonais, as janelas inesperadas, os ângulos audaciosos traçados por minha mão de jovem, pensei, feliz por voltar a ver as perspectivas brincalhonas apagadas de minha mente por anos, que apenas desejara proteger essas figuras da intempérie, das manchas do sol e do pó, como se guarda um desejo incontrolável, mas frágil e tímido. Enrolei as dez ou doze plantas que encontrei e com um leve tremor nas mãos as guardei num tubo.

Voltei a pensar, no chuveiro, surpreso com a veloz reincidência do entusiasmo, que naquela nova cidade, símbolo universal da abundância arquitetônica e onde me aguardava uma tranquila inércia, poderia resgatar de fato o passado e fracassado fervor por projetar e querer construir a edificação perfeita e, com a mesma vontade, iniciar a restauração dessa espécie de relação artística que um dia acreditei ter com o mundo. Uma comunicação que, assim como Jimena, havia aprendido de meu irmão, a quem desde que éramos crianças eu vira avançar, sem tropeços aparentes, rumo ao propósito de alcançar o virtuosismo ao piano.

☾

Semelhante ao que havia ocorrido no almoço ao meio-dia na casa de meus pais, senti que, no jantar na casa de Cecília, seria praticamente inevitável que não se falasse de nós. Esperava, no entanto, que, por tratar-se do último encontro por um bom tempo, não iríamos além das rememorações das sempre felizes histórias do passado remoto, o tempo idílico quando ninguém temia ainda a chegada das chamadas correntezas selvagens da vida, e todos avançávamos, sem suspeitar, pela bem decorada fantasia de uma família intacta, sob uma harmonia expressamente selecionada para nós pela piedosa vontade de um deus protetor.

A ilusão de uma noite tranquila, com voltas melancólicas moderadas, dominou-me por alguns instantes, e estive a ponto de pedir a Jimena, que se penteava ao meu lado frente ao espelho do banheiro, que, se falássemos de Bernardo, o deixássemos circunscrito às cenas daquele período excepcional, morando para sempre em sua juventude travessa e feliz, anterior a ela, à nossa vida juntos, aos dias em que ele gostava de agitar, sem consentimento nem aviso prévio, qualquer reunião familiar com acordes exagerados de Rachmaninov ou Alkan, ou simplesmente brincar sobre o teclado, por horas e alheio ao mundo, com a mesma doçura de seu querido Fats Waller, que abrira a ele a primeira e decisiva porta até Jimena. Em todo caso,

Convite a um fantasma) 131

seria difícil fazer um prognóstico para as horas seguintes daquela noite.

O silêncio e a mão fria e úmida de suor de Jimena no táxi que nos levava à casa de Cecília, pareciam confirmar a suspeita de que naquela noite, como em nenhuma outra antes, assistiríamos à evocação definitiva não somente do fantasma errante de Bernardo, mas também do que havia nascido entre Jimena e eu e que, semelhante a um filho sem rosto, faria funcionar algum truque mágico e desmedido. Assim, enquanto observava o perfil de Jimena na escuridão do carro, voltei a ter a secreta convicção de que no jantar preparado por Cecília irromperia, com força e proveniente de alguma névoa nostálgica, a sombra de um pontual convidado que procuraria se sentar entre as duas mulheres e eu a fim de continuar a comunicação interrompida de modo abrupto por sua outra vida, fugaz como um sinal celestial.

Certamente, o espectro se acomodaria, desafiador, com o reconquistado privilégio de me substituir e como um fóssil submetido a uma lenta e imperceptível ação geológica, saltaria novamente à luz com as formas primordiais de seu rosto, a postura altiva, quase zombeteira de um imberbe que as duas tanto amaram e diante do qual eu poderia parecer, mesmo que tivesse as mesmas feições no rosto, um mero esboço apressado e sem contornos. Para amenizar meus temores e não contagiar Jimena à toa, atribuí essas hipóteses, mais uma vez, às ansiedades que antecedem qualquer viagem longa, qualquer tipo de fuga sem retorno possível. Não seria estranho se à falta de nicotina se somasse também algum medo inconsciente de aviões ou pressentimentos de uma hostilidade constante num país onde continuaríamos recebendo o rótulo supostamente inconfundível dos criminosos. Seria engraçado, pensei enquanto voltava a segurar a mão de Jimena, que, ao desembarcar sem uma ocupação definida, decidissem me colocar em outro avião e me mandar de volta para Bogotá.

☾

Quando entramos, a mulher que trabalhava para Cecília estava terminando de pôr a mesa na sala de jantar. Da cozinha vinha um delicioso aroma de peixe com ervas entre as quais julguei identificar tomilho e alecrim. Era um prato que eu havia preparado muitas vezes naquela casa. Cecília não se mostrou nem um pouco angustiada e nos recebeu com o mesmo entusiasmo de sempre. Embora eu soubesse que, apesar de seus esforços, Cecília nunca havia conseguido repetir comigo o carinho e a efusão que sempre dispensou a Bernardo, estive a ponto de me convencer, com certo alívio, que nas formas previstas para aquela noite, com suas funestas cargas dramáticas, eu havia me enganado. A alegria com que Cecília nos convidou à sala, a emoção com que não parava de acariciar as mãos de Jimena, o abraço que me deu, confirmavam, sem dúvida, a tolice de minhas apreensões. Como qualquer supersticioso precipitado, eu tinha elaborado uma trama do nada.

Antes de começar a jantar, bebemos alguma coisa. Servi vinho branco para Jimena e preparei vodca com laranja para Cecília e para mim. Falamos novamente do instituto onde Jimena estudaria, discutimos a respeito do apartamento de dois quartos que havíamos conseguido e sobre sua estratégica localização para as necessidades e os deslocamentos de Jimena, falamos do clima e dos gastos domésticos que nos aguardavam, dos museus, dos parques e dos velhos e deslumbrantes arranha-céus de Manhattan.

Contagiado pelo impulso espontâneo com o qual tentamos descrever nosso futuro imediato, estive a ponto de acrescentar que também via, graças à repentina lucidez experimentada algumas horas antes no escritório do apartamento, que essa viagem a Nova York poderia reconstruir meus trabalhos perdidos. Mas me contive, temendo expor, prematuramente, um tom piegas.

E então, já sentados à mesa, enquanto terminávamos de comer o peixe e a salada, depois de Jimena ter confessado, com emoção evidente, a fantasia de finalmente fazer parte de um quarteto, que tivesse cravo, tiorba, violoncelo, viola ou violino, com instrumentos de época que lhe permitissem mergulhar sem nenhuma barreira em suas execuções de Marin Marais ou Tartini, Cecília deixou o garfo ao lado do prato, abaixou a cabeça e cobriu o rosto com as mãos. Olhei para Jimena, tentando engolir o mais rapidamente possível o pedaço de cenoura crua que dançava entre meus dentes, incomodado não apenas pelo silêncio ameaçador de Cecília, mas também por um tipo de ruído interno que escapava pela minha boca e que não combinava com a gravidade da cena.

Com um sorriso, Jimena segurou minha mão e perguntou a Cecília o que estava acontecendo. Pela entonação da voz, pelos gestos e pela posição do rosto, parecia estar dirigindo-se a uma garotinha confusa, assustada por pensamentos estranhos. Sem responder, Cecília sacudiu a cabeça e respirou profundamente. Inventei, por não ter melhores recursos para entender a situação, que Cecília lamentava em silêncio que Jimena não pudesse conquistar suas metas musicais em Bogotá, e que, além disso, ela tampouco pudesse assistir à realização certa daquela nova vida de liberdade, à possível façanha feliz de uma intérprete com os benefícios de um talento consumado. Assustado, temi que Jimena se contagiasse de repente pelo melancólico mistério que naqueles segundos emudecia sua mãe e, deixando-me só, se abraçasse também à fantasmagoria daquilo que poderia ter sido e não foi, ao mundo rarefeito das coisas que pareciam impossíveis de suportar, como o desaparecimento de Bernardo neste território precário e fanático, e que, apesar de tudo, com o tempo terminavam encaixadas à vida.

Um minuto depois, Cecília levantou a cabeça e nos direcionou seu olhar. Não chorava, mas seus olhos brilhavam, os mesmos olhos rasgados e castanhos que Jimena herdara. Ajeitou o cabelo espesso e grisalho e, com um sorriso, imitando aquele que Jimena havia me mostrado segundos antes, quis desculpar-se. Sem dúvida para aplacar aquele desabafo desnecessário, Cecília me pediu que servisse mais vinho. Retirou os pratos e, com renovado entusiasmo, levantou-se para buscar na cozinha a sobremesa preferida de Jimena, um *strudel* de maçãs verdes e nozes.

Restaurado o bom humor, Cecília e Jimena, inspiradas pela comida, resolveram falar de meus reconhecidos sucessos como cozinheiro doméstico e, em tom de piada, sugeriram que eu considerasse fazer um curso de culinária. Convencidas daquilo, levemente animadas pelo álcool, não lhes soou descabido que em alguns anos eu me tornasse um expert em ensopados do Harlem, em combinações tailandesas ou em pratos que se adequassem ao nosso combinado plano de desintoxicação do corpo.

Não me neguei, pois, com as elementares proezas que havia imaginado no terracinho do apartamento, confiava cada vez mais na perspectiva certa de uma longa temporada sem equívocos imperdoáveis e na qual me via como uma criatura de hábitos simples, sem remorsos, com o coração limpo e livre de explosões, sem mais conversas ou encorajamentos que os de Jimena.

Agradeci que as duas prolongassem a brincadeira, uma zombaria carinhosa que mantinha à distância qualquer interferência entre mim e elas. Quiseram ouvir música e percebi que Cecília não estava fingindo a alegria com a qual se aproximava de Jimena para acariciar as mãos ou a cabeça, como se, ao contrário do que ocorreria na manhã seguinte, sua filha acabasse de chegar de uma longuíssima viagem. Tampouco vi dúvidas na satisfação com que ela afirmava — usando quase as mesmas palavras repetidas por minha mãe no almoço — poder nos ver juntos, apreciar com alegria renovada o vigor incontrolável com que Jimena avançava, em toda a plenitude de uma beleza que para mim ainda parecia estar próxima a um milagre.

Acreditando contribuir para o encantamento e, além disso, persuadido de que estávamos a apenas umas poucas horas de finalmente abandonar a superstição do passado, estive a um passo de confessar pela primeira vez o terrível e incongruente convencimento de que sem a morte de meu irmão, Jimena nunca teria se apaixonado por mim e eu nunca teria assistido à revelação de sua doçura, à espécie de graça suprema com a qual, no inaudito paradoxo que nos uniu, soube aplacar o tumulto que também oprimia meu coração. Como na promessa de um impiedoso desígnio, a morte de Bernardo era a contrapartida do esplendor que se concretizava com a entrada de Jimena em minha vida; pois o outro preço a pagar, uma descarga prolongada contra a qual eu não poderia ter feito nada, era vagar sabe-se lá por que triste desordem, sujeito à contemplação de uma vida sem muito brilho, com o espírito meio manco, experienciando a vida desse outro sem Jimena e sujeito à construção de uns edifícios insignificantes.

Enquanto planejava como revelar tudo isso, vi que Cecília se levantava para logo regressar com um pacotinho de roupas brancas, eram batinhas e casaquinhos para um recém-nascido. A reviravolta imprevista me desconcertou e compreendi que se respondesse a meu desolado testemunho estragaria irremediavelmente o que restava daquela noite. Consciente de nossa surpresa, do silêncio nervoso com o qual Jimena e eu olhávamos para as roupinhas de linho bordadas, expostas no sofá da sala como um inestimável enxoval, Cecília, com apressada emoção, revelou que se tratava das roupas que Jimena havia usado durante suas primeiras semanas de vida e confessou, olhando para mim, como se compartilhasse um segredo familiar, que as havia reservado para o filho que decidíssemos ter.

Imaginei que na expressão com a qual respondi a Cecília haveria sinais evidentes de perplexidade e, depois de agradecer com algumas frases atrapalhadas, um balbuciar tímido e sem firmeza, procurei os olhos de Jimena em busca de uma indicação sobre o que estava acontecendo. Mas naquele exato segundo ela passava os dedos, com a minúcia de uma cega, sobre a blusinha de gola redonda e com um lacinho brilhante no peito. Deduzi, sem desdém nem tristeza, que Jimena cumpria em silêncio uma delicada homenagem póstuma, com uma intimidade que me deixava em segundo plano. Certamente, em seu exame detalhado, Jimena enxergava que a futura beleza e doçura que essa coisinha não nascida poderia alcançar, os membros trêmulos que, com o tempo, dariam volume àquelas peças herdadas, eram uma parte inquestionável das promessas merecidas por seu amor por Bernardo, aquela aliança truncada cujo mistério permaneceria vedado para mim, como a sabedoria secreta dos enigmas musicais que somente os dois entendiam.

☾

Quando nos despedimos no corredor que levava até a saída, Cecília me beijou nas duas bochechas e, com um gesto que me fez lembrar as bênçãos que meus pais davam a Bernardo e a mim quando crianças, passou as mãos sobre a minha testa. Então, como já acontecera tantas noites parado sob a mesma luz, e enquanto esperava à distância o longo e íntimo abraço entre Cecília e Jimena, voltei a ver meu rosto refletido no vidro que cobria o retrato de Bernardo. Era um bico de pena sobre um papel, de uma fidelidade impressionante na expressão da boca e dos olhos, que Jimena havia deixado com Cecília meses após o acidente e que ficava pendurado ali, junto à porta, como um ex-voto, uma oferenda ao benefício recebido de sua existência. Por um instante, antes de me mexer para sair, achei ter visto, com a mesma ansiedade que senti no táxi que nos trouxera, segurando a mão fria de Jimena, que meu rosto substituía, do outro lado, o dele. Com meus traços apagados pelo reflexo, numa espécie de reencontro impossível, percebi que meus olhos se enfiavam, confundindo-se, nos traços finos de sua figura, roubando assim, como um fantasma invertido, o olhar de sua juventude plena e congelada para sempre.

☾

Depois de Jimena adormecer segurando meu braço enquanto eu fingia ler um livro, levantei-me em silêncio e guardei a roupinha e as plantas em uma das malas. Então, certo de que uma insônia me acompanharia até a madrugada, decidi ir de novo à varanda. Fumando com ansiedade de adolescente o único cigarro que havia encontrado no fundo de uma gaveta na cozinha, o olhar fixo na silhueta sem luz da catedral, me convenci de que seria uma pretensão exagerada, uma fantasia inviável, acreditar que naquela outra cidade meus olhos encontrariam, finalmente, como quando se limpa um espelho embaçado, as feições íntimas que nunca antes havia conseguido decifrar, as únicas que haviam sido a mim atribuídas — sem repetições enganosas, sem a contaminação de um reflexo substituto —, de um fantasma consanguíneo que se apropriasse dos atributos de minha alma, do maravilhoso resíduo de amor que Jimena, sem sabê-lo, reservara unicamente para mim.

Escrever à noite

(colofão)

Quando Guillermo se deteve em uma das bancas de flores à entrada do cemitério, imaginei que o fizera para levar um buquê para minha mãe. Contudo, ao subir outra vez no jipe, perguntou, inesperadamente, se eu aceitava entrar com ele para fazer uma rápida visita. Respondi que não haveria nenhum problema, e peguei o ramo de cravos cor-de-rosa e vermelhos que ele acabara de comprar. As flores exalavam um forte cheiro de inseticida e não estavam muito frescas. Disfarcei minha surpresa, pois nunca havia entrado em um cemitério e a mera ideia de ser convidado, do nada, a um encontro íntimo com algum morto desconhecido era, inclusive, uma circunstância ainda mais remota e estranha.

Avançamos então por uma estrada estreita, repleta de ondulações e buracos, que corria ao longo das margens de um canal de água estagnada. Antes de chegarmos ao final da via com uma cerca viva de pinheiros, Guillermo virou à esquerda em direção a um arco armado de tijolos brancos e uma grande grade metálica, parecida com a entrada de mais um dos clubes sociais que fazem fronteira com esses lotes de terra. Duas maneiras diferentes de matar o tempo em meio a jardins, pensei de repente.

Passamos por uma capela estreita, sem qualquer atrativo, colocada ali apenas por uma razão prática, precedida por uma enorme imagem de Cristo, elevado no ar e montado em concreto, com a feição e os membros que pareciam buscar uma intenção abstrata ou enigmática. Guillermo dirigia lentamente, concentrado na estrada que se bifurcava adiante em vários caminhos cada vez mais estreitos e esburacados. Senti que era melhor permanecer em silêncio, atento para não fazer nenhum movimento brusco, segurando firmemente o ramo de flores e sem estar totalmente certo se devia demonstrar alguma espécie de contrição. Eu sabia por minha mãe que Guillermo era viúvo e supus que estávamos procurando o jazigo de sua esposa. Depois de várias voltas, ele estacionou o jipe ao lado de um caminho para pedestres e à sombra de umas árvores grandes.

— Volto já — disse ele, antes de descer.
— Combinado. Espero aqui.

Fechou a porta sem fazer força e se afastou. Durante alguns segundos caminhou entre lápides e ramos de flores no piso irregular, mudando de direção mais de uma vez, como se tivesse esquecido a localização exata do túmulo que procurava. Talvez tivesse passado muito tempo sem vir e os passos inconstantes, a cabeça abaixada e as flores na mão me lembraram um noivo chegando atrasado a um encontro romântico. Não sei por que senti vergonha de acompanhar, da janela do jipe, sua desorientação e de não descer para ajudá-lo a encontrar o jazigo. Mas, evidentemente, tratava-se de uma tarefa solitária e era melhor acompanhá-la de longe. Além disso, e embora nossa relação fosse cada vez mais calorosa desde minha volta a Bogotá, seis meses atrás, eu ainda não me acostumei à suplantação gradual que ele fazia de meu pai, com sua progressiva e sólida acomodação nos limites da casa e do quarto de minha mãe.

Quando finalmente encontrou o túmulo, Guillermo retirou dele um recipiente metálico com flores secas e retorcidas. Caminhou com renovada firmeza até a lata de lixo e voltou com água limpa. Ajoelhado na grama, ajeitou, com mais timidez do que delicadeza, os cravos que acabara de comprar. Pôs-se de pé e entrelaçou as mãos nas costas. Levantou a cabeça para que o sol batesse de frente em seu rosto e em seguida observou detidamente o retângulo escuro da lápide, a entrada aparente numa geografia subterrânea por onde agora transitaria, sem parar de se agitar, a lembrança de uma presença anterior e necessária.

Desci do jipe e comecei também a caminhar pelo campo, na direção oposta à de Guillermo. Talvez por ser dia útil, quase não havia visitantes por ali; observei também que muitas lápides exibiam as datas e os nomes meio apagados. Então a cena que comecei a presenciar ali fora, com a forte luz do sol ampliando a sombra das árvores, o movimento brusco dos pássaros entre as flores no chão, o vento — que pelo barulho que fazia entre os galhos e a extensão aberta do terreno, imaginei serem de uma pureza nova —, pareceu-me distante da simetria peculiar que precisávamos manter com os mortos. Meus olhos buscavam Guillermo e, ao encontrá-lo, notei que ele continuava imóvel, como se não soubesse como se despedir e sair dali.

Será que pensava nos infortúnios, merecidos ou não, que acompanharam essa outra pessoa de quem agora só sobrava o nome? Terá descoberto, no fim, algum segredo escondido? Alguma imperdoável deslealdade ou traição contra ele? Andei mais alguns passos, sem rumo, calculando mentalmente as idades e os tempos de vida de cada um dos nomes aleatórios com que cruzava, e vislumbrei um possível tema com o qual poderia concluir e fechar, finalmente, a carta que vinha escrevendo à Tina ao longo das últimas noites: o esforço extraordinário, ainda que aparentemente incompreensível, de continuar amando uma criatura que havia deixado a vida, que nunca voltaremos a encontrar ou que, se ainda circulasse por aí, não saberia como se fazer compreender.

Lembrei que, poucos dias antes de chegar, minha mãe me contou que havia espalhado as cinzas de meu pai por entre algumas plantas exóticas da estufa no jardim de casa, um lugar que durante os últimos anos ele cuidara com um esmero especial, quase obsessivo. Eu ignorava se na realidade serviriam como adubo, mas pensei, com um estremecimento inesperado, nas excepcionais características desse pó entrando pelas raízes de uma Bletia verecunda ou de uma Lupulina nova, para subir e trasladar, pouco a pouco, até as veias de suas folhas e seus talos, como um sangue inusitado, a lembrança de seus sobressaltos, das alegrias e dos temores que durante anos encheram seu coração e sua mente, e evitar assim que desaparecessem para sempre.

Algumas folhas caídas se mexeram à minha esquerda e, ao levantar novamente os olhos, senti que a luz da tarde tinha parado de avançar. Como não vi imediatamente o jipe tampouco Guillermo, tive a impressão física, ameaçadora, com uma leve tontura, de estar preso nas fronteiras de um ponto no qual o tempo já não estava; na extremidade de um campo, acidentado e árido, onde já não acontecia nada e não havia como fazer escolhas, nem para o bem, nem para o mal. Quando consegui me movimentar, caminhei rápido para sair o quanto antes da relva, como alguém que fugisse das armadilhas de uma mata escura.

Guillermo já estava me esperando no jipe e, quando voltamos à estrada em direção a Bogotá, pedi a ele que me deixasse no supermercado a alguns quarteirões do apartamento. De lá até o fim do trajeto, ficamos em silêncio. Mais tarde, já quase meia-noite, desisti do parágrafo com o qual pensei encerrar a carta para Tina, pois não soube como colocar no papel tudo o que imaginei durante a breve ronda pelo cemitério. Começava a escrever e desembocava, irremediavelmente, em frases previsíveis, de uma gravidade e uma retórica que me soavam falsas. Enrolado nos cobertores e com as luzes apagadas, tive a louca, mas claríssima convicção, de que não havia sido durante aquela tarde, mas numa época distante, numa pausa oculta dos dias e nas coordenadas de uma dimensão impossível de localizar, quando fui testemunha da silenciosa oferenda de Guillermo.

Bogotá, 1997-2013